树故事

当你睡觉时 树会慢慢长大

东莞市城市形象推广办公室 编

江苏凤凰文艺出版社
JIANGSU PHOENIX LITERATURE AND
ART PUBLISHING

TREES

STORY

如果你无所事事，不如种棵树吧。当你睡觉时，树会慢慢长大。

TREES STORY

春天的同沙生态公园，繁花竞放，与葱郁绿树交织，绘就一幅灵动的春日画卷

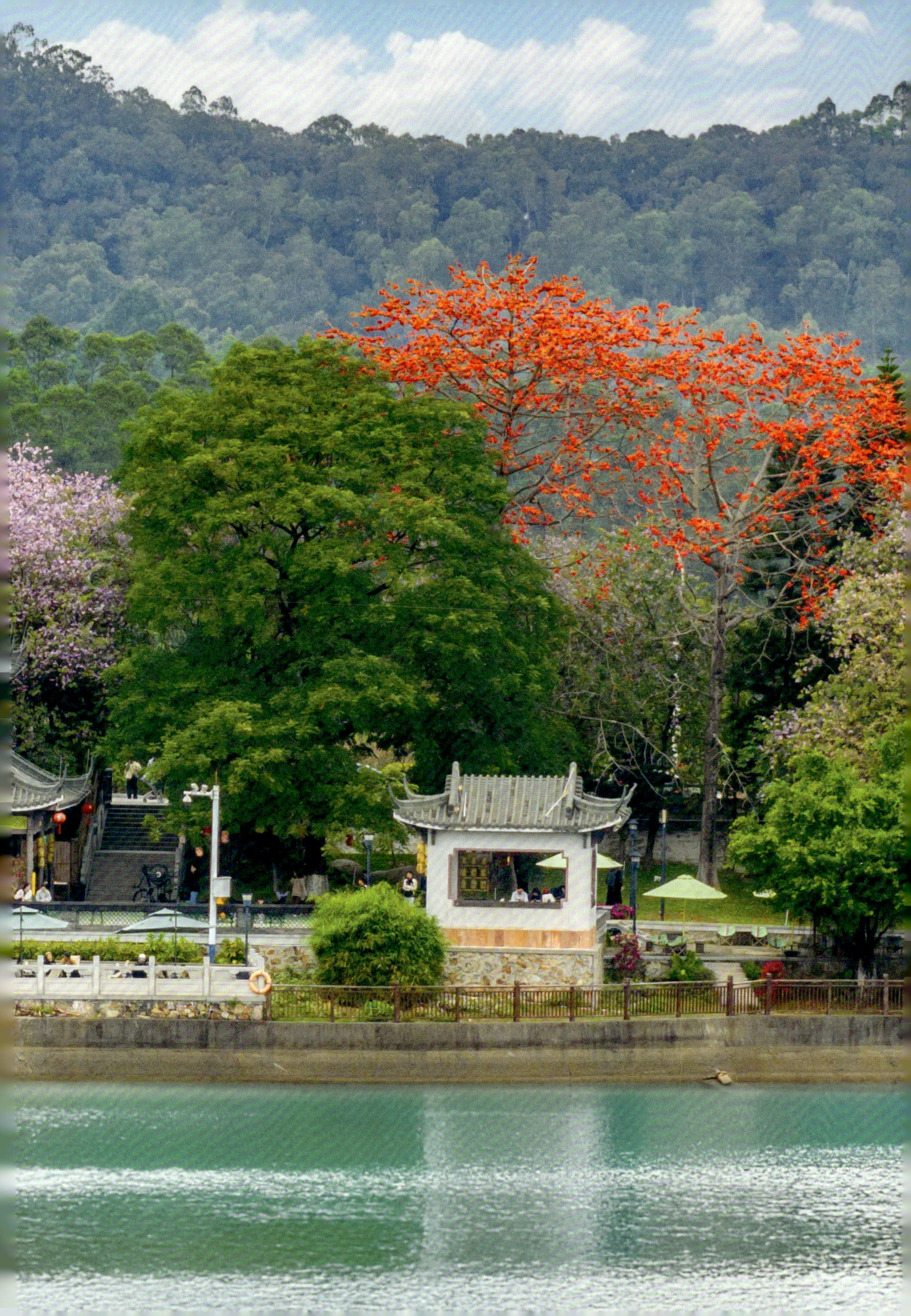

TREES STORY

夏天的东莞植物园，湖水如镜，大树如伞，庇护着这方天地，市民在此寻得片刻宁静与美好

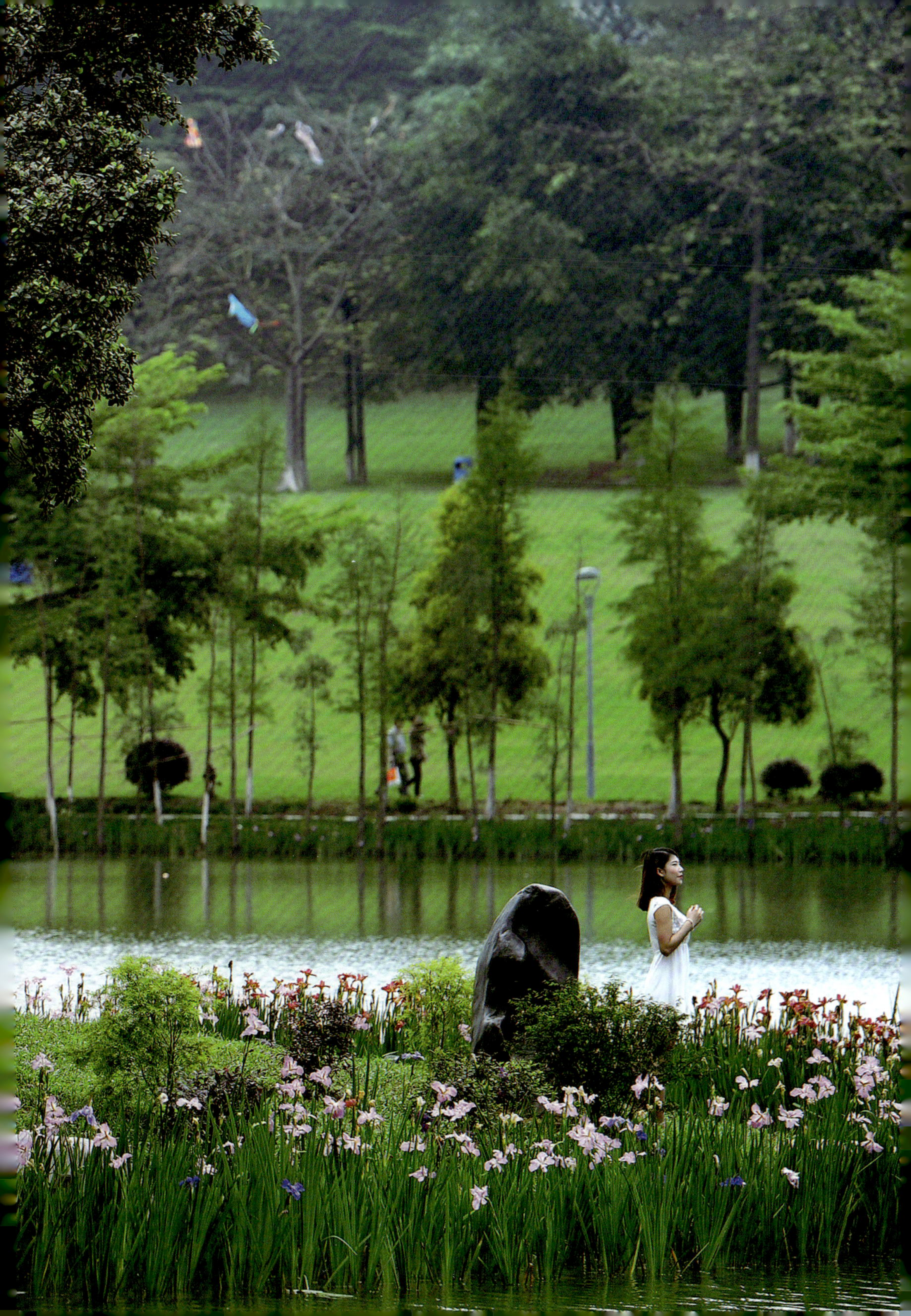

TREES STORY

秋日的东莞市中心公园，落羽杉色彩斑斓，宛如秋写给大地的情诗，诉说着季节的温柔与眷恋

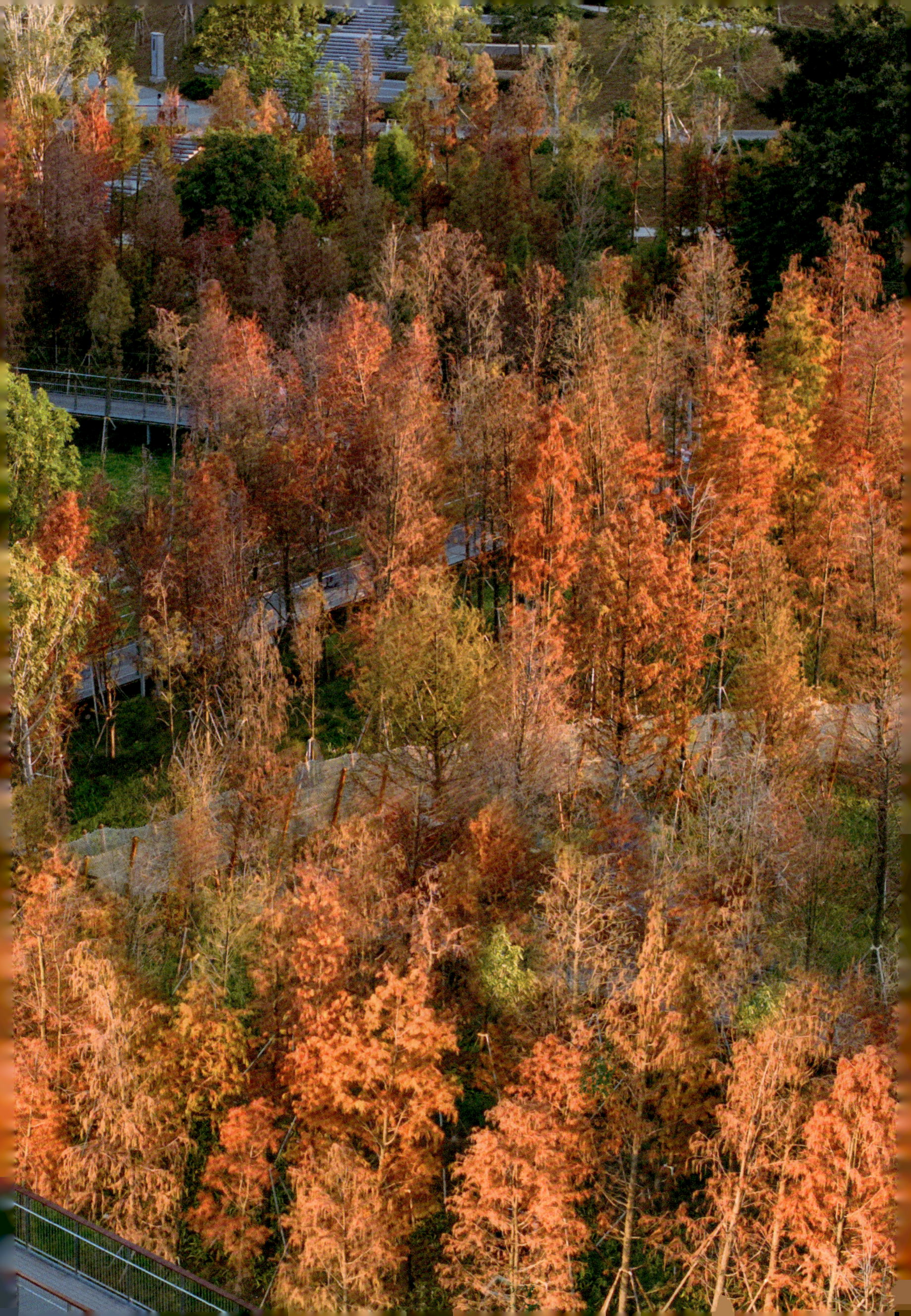

TREES STORY

冬日的水濂山森林公园，树木葱郁，自然的静谧与城市的繁华呼应，彰显着这座城的独特韵味

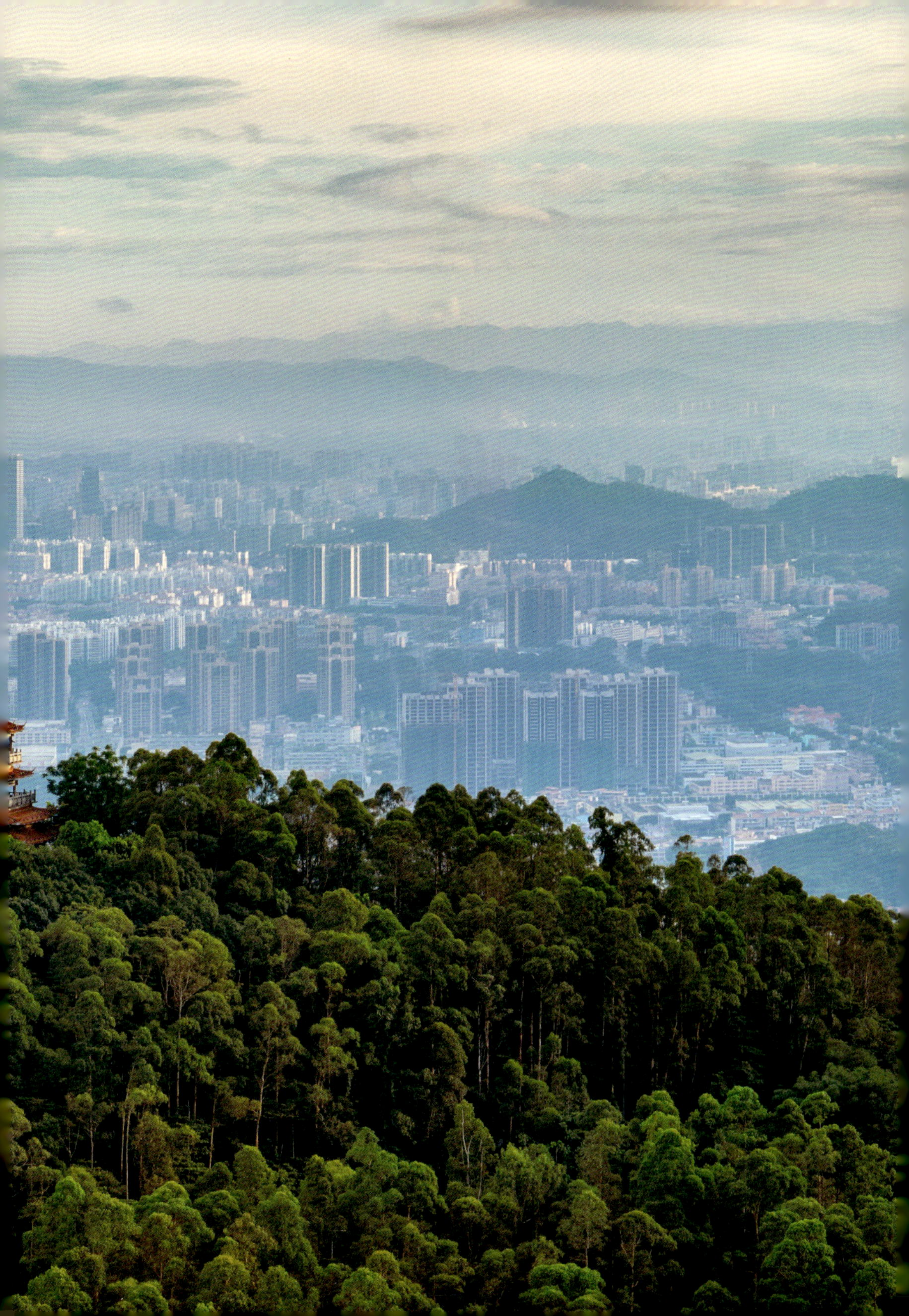

序
言

让一个生活在噪声、车龙、人流之中的城市人去感受植物、昆虫、花朵，似乎太过奢侈。可是，如果一座城市一半的土地面积是绿地，城区藏在众多森林公园之中呢？

这大概就要另当别论了。而广东东莞，恰恰就是一座这样的城市。

朱光潜说，慢慢走，欣赏啊。在这些森林公园中，分明可以看到许多放缓脚步把生命交给时间、尽情去感受城市自然的人。接触树，理解树，就是发现与讲述生命与生命的共同体。也只有当故事以生命为圭臬的时候，树、人、城市、生态，也才真正地有意义。

人类是地球生态系统的一部分，不可能与其他生物相互隔绝，孤立地存在，终究是要依靠系统中既复杂又密切的联系来维持生存。

如果地球上没有植物，人类能够生存多久？答案很简单，大概几周，最多几个月，人类就会从地球上彻底消失。很快，所有的高等生物也会跟着消失。这不是危言耸听，生态系统的特征之一就是不可逆性。

生态真相提示着我们，人、城市和生态系统协调共存有多么重要。而东莞，对这个重要性有着清醒认识。这些年，伴随着"百千万工程"，东莞以绿为墨，以林为笔，林海葱郁，绿道蜿蜒，市民漫步于林荫步道，一幅人与自然和谐共生的浪漫图景触手可及。

在东莞，现有古树名木3525株，森林公园21个，湿地公园24个，建成区绿化覆盖率达49.06%。作为一座以工业闻名的制造业城市，东莞的"树故事"显得有点低调，更多的是在默默地陪伴着人、产业与城市。

东莞的树木，如同这座城市，充满多元魅力与惊喜，像是一个游击高手，说不准潜伏在哪个街头巷尾路边，绽放出温润的光芒，滋养着这方水土上的千万市民。

让我们从这些树讲起，听听它们背后的故事，看看它们默默见证过的风霜雨露。

TREES STORY

01 CHAPTER 本木

一千年 一瞬间
004

大树知道生命的答案
014

02 CHAPTER 年轮

老树也有家
032

一树一祠堂
040

03 CHAPTER 果实

荔枝的性格
054

时间的香气
064

一枝一叶地雕琢
074

04 CHAPTER 相守

无声的守护
084

火树和银花
092

密林中的珍宝
098

抢救一棵树
112

05 CHAPTER 重生

从未见过一棵心怀不满的树
124

绿色没有垃圾
136

树的乌托邦
144

最近的未来
152

TREES STORY

CHAPTER 1

本木

树木，是连接地球和太阳的纽带。

TREES STORY

CHAPTER 01

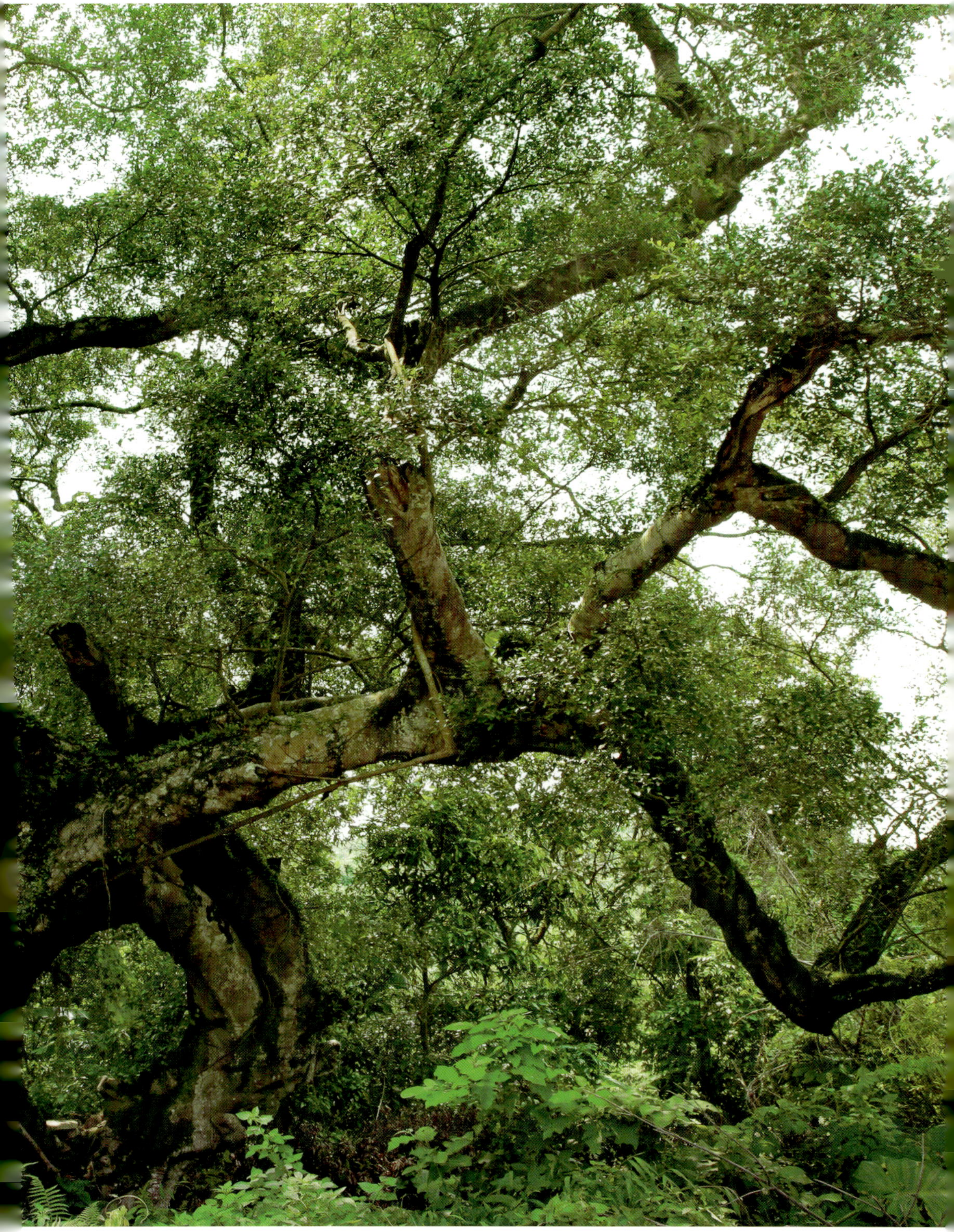

一千年
一瞬间

认识树的历史，也是人类对世界认知不断加深的过程。到了21世纪，科学家们才认识到，尽管经过多年的努力，地球上大部分物种对人类而言依然是未知的世界。

时间之树

人类只拥有短短数十年生命，但大树，其漫长的一生阅尽沧桑，可以说它参与了人类的诞生，看到过人类茹毛饮血的时代，目睹过文明和科技复兴的曙光，经历了时代的更替，更挺过了人类黑暗、沉沦与繁荣的20世纪。

这不是胡言乱语。世界气候在过去几十亿年间的波动蔚为壮观：有一个时期，整个地球都很热，加拿大和北冰洋的边缘生长着棕榈树；还有一段时期，整个地球表面布满了冰雪。

这些时代太过久远，我们把视线拉回到人类文明的历史时期。

东莞观音山森林公园有一座古树博物馆，成立于2003年，据说是全世界首家民营古树博物馆。6000平方米的博物馆内收藏着具有科研价值和观赏价值的地下埋藏古树化石60株。古树通过14C同位素年代测定，最老的是距今5000年左右黄帝时期的遗树，最年轻的距今有200多年。树种有水松、青檀、格木、隆兰、青皮、青冈、秋枫、枫杨等。

可能让人想不到，这些地下埋藏树木其实都搜集于岭南地区。20世纪80年代的时候，有研究者把这片区域称为"珠三角的地下森林"，而且这些地下森林竟有三层，分属三个不同时期。最下面的一层距今约3000年。中间一层距今约2000年，埋藏树木量多，跨越时间长，分布面较广，几乎遍布珠三角。最上面的一层距今约500年。

这三层地下森林，代表了中国历史上气候骤然变冷的三个时期，直接导致了当时还是热带森林的珠三角大量树种的死亡。

古树有记载，文字典籍亦可以佐证。《广州先贤传》记载："杨孚宅在江浒南岸，尝移洛阳松柏植宅前，隆冬飞雪盈树。"杨孚是东汉和帝的侍郎，退隐后居住在广州的珠江南岸，没想到，北回归线以南的岭南在当时竟然"飞雪盈树"。气象学家把寒冷的东汉时期称为"小冰期"。

古树博物馆里有一株长8.1米、树干周长2.77米的青皮，是黄帝时期的古树，也是博物馆里最古老也最具有历史意义的珍品。这棵古树在4500多年前已经生长在南粤大地上，古树外层已失去约1/3，遗留下来的年轮还有300多圈。青皮是高度可达30米的热带乔木，主要生长在越南和中国海南岛。它表明4000多年前广东的气候比现在热，与今

TREES STORY

伴随着南社古村走过800年风雨的，还有这些古树

CHAPTER 01

海南相似。

古树也是有生命的，古树博物馆正以这样的方式"树说"历史。博物馆内很多胸径1米以上的古树，年轮超过500圈，仔细研究这些庞大古老的躯体，可以发现它记录着古代气候变化、环境变迁、水文状况、地质运动，能为预测未来的气候及环境变化提供科学依据。根据其埋藏的地点，还可以看到新构造运动状况和海陆变化。

记录的痕

东莞国际会展酒店咖啡馆外的大王椰总有一种太过纤瘦的感觉，树干挺拔，看起来像个身材曼妙、戴着项链的女郎，太不像随着树龄增加变得粗糙的树木。大王椰最初来自古巴，本是海边能抵抗暴风雨的勇士，现在在热带、亚热带地区已成为常见的绿化树种。

有人问北方的朋友，你知道大王椰树干上一圈圈的纹路是什么吗？北方的朋友想了想，猜说可能是岁月的痕迹吧。

热带树木一年四季都在生长，年轮并不明显，而在长江以北，温带的树木主要在春夏季生长，年轮非常清晰。大王椰没有清晰的年轮，但是一年又一年，它选择了用落叶的痕迹来记录岁月的流逝。

TREES STORY

位于企石镇旧围村的千年秋枫，守望古村焕新机

CHAPTER 01

DONGGUAN TREES　　009

树木的年轮如同岁月的记忆，一环一环地展现着它曾经的成长和历史

TREES STORY｜树故事

TREES STORY

火红的木棉似烈火燃烧于枝头，映照着岭南的春天

CHAPTER 01

银瓶山森林公园，短萼仪花满树绽放，粉白花朵如繁星缀于枝叶间

TREES STORY

阳光透过茂密的枝叶，被剪成了无数"光柱"，从树枝间隙穿透而下

CHAPTER 01

DONGGUAN TREES 013

TREES STORY | 树故事

大树知道生命的答案

南方的森林里,常见到禾雀花缠绕着大树,几乎铺满整棵树的主干枝杈,远看是完美的大树,近看则发现是藤蔓紧紧缠绕树干。这一景象,在东莞大王山森林公园表现得更极致。

每年的二三月,是禾雀花盛开的时节。碗口粗细的藤蔓如巨蟒盘旋在山林里,串串的花儿成堆绽放。古藤常常把大树紧紧捆住,使之不能有半分呼吸。

禾雀花是铁了心要"傍大款"的植物,为了达到目的,借助柔软的身体,使出浑身解数,从枝干一路爬到树冠。

有如此心机的它们,当然不会满足只盘踞一棵树。在大王山森林公园有一棵"藤王",是大王山最古老的禾雀花,最粗的花藤周长有1.3米,枝藤攀岩占地3000多平方米,根系蔓延最长处有100多米,占据了几十棵大树。

并不安静的树

大自然中的精彩,远不是人类所能想象的。就像我们认为树是安静的,孤独的,因为它们不能远行,而事实上,从上到下的各个部分,

大王山的春天，是禾雀花带来的

为了保护有800多年历史的古木棉树，东江大道绕道而过

DONGGUAN TREES   017

TREES STORY | 树故事

树木都在极力跳出土地的束缚。

树木能够转动叶片，朝向太阳，也能轻易改变树枝的生长方向，以抢夺林中最有利的位置。

为了应付不同的环境条件，什么形状和尺寸的树叶都有。在热带雨林中惬意生长的树木长有滴水叶尖，叶片光滑闪亮，可以快速排除雨水；而干旱区的树木叶子则会让雨水流速变慢，有助于根部充分地吸入水分。不同形状的叶片在应付强风或对水分的吸收上，发挥着不同的作用。

树叶有树叶的局限，不可能完美地解决所有问题，树木只能不断探索生存的方法。作为花了两亿年时间适应环境并成功存活下来的有机体，它们拥有漫长的时间解决问题。比如同样是针叶树，在东莞银瓶山上的针叶树树型低矮，而在高纬度北国，针叶树通常又高又挺拔，因为北国浅土层孕育的树木生长在太阳不会升得很高的地区，长得高可以方便从侧面接受最多的日照。

森林之中，纷繁复杂的根系与真菌，形成你中有我我中有你的相互依存的关系。就像在东莞大屏嶂森林公园的深林之中，人们看到的是一个亚热带次生林，但还有一个地下隐性森林更为庞大，其运转与复杂程度远超想象。

生物之间这样的互利共生关系极其重要。可以肯定，少了这种伙伴关系，4亿~4.5亿年前高等植物与动物盘踞陆地的事件就无法完成。

这样的树木与森林，才是大自然真实却不可触摸的模样。

树有自己的生长逻辑，它们知道所有关于生命的答案。

化感作用

有合作，当然也就有对立。最为典型的便是自然界中的化感作用。

在燕岭湿地，很多人见到一路铺满许多黄白相间的小花，觉着还挺新鲜，想去赞叹这种微小的生命。其实，这是白花鬼针草，是入侵物种，由于惊人的繁殖能力和传播速度，路边、撂荒地、林地、果园等空余地均被占领。它有强烈的化感作用，造成生物多样性明显减少，还严重威胁乡土植物的生存。

生物多样性已经成为当今人们对生态健康认识的一个重要指标。毋庸置疑，在林业生态建设中，无论是森林更新，还是混交林建设，化感作用都是摆在桌面上的问题。

如果大树倒下

如果有一天，大树倒下了，意味着什么呢？可能许多人都没有想过这个问题，但是热爱树木和森林的人一定想过。

大树的倒下，意味着新生命的开始。

在与地心引力对抗了数世纪之后，大树轰然倒下，顷刻间便迎来第一缕阳光，各个角落中的小型灌木和藤本植物都开始蓬勃生长。大树的倒下，让树顶的生态世界与林下叶层在同一空间相遇。同时，静候多时的先锋树种在大树倒下的地方生根发芽，一个新的生命循环系统即将开始。

倒下的大树，也陆续迎来蚯蚓、蚂蚁、真菌、细菌，吞吐之后，被

虎门大桥下的榕树亭亭如华盖

地下世界

自从种子破土而出，发芽的那一刻，一棵树就开始了它在空间上的探险。

树的躯干、枝叶从不停歇地向天空延伸，去追逐太阳的光和热。《山海经》中夸父逐日的传说，大约就启发于生命对阳光的追寻。树根则全力以赴向地下扩张，树根的支脉又四下横溢，把丝丝纤毛伸向树根之间的每一寸空间。

扩张的欲望，是对生的强烈渴求，促使树在地下世界布置出一个巨大的网络。很显然，这个真实的网络世界中，真菌就是数不尽的终端。树根纤毛与真菌还有一番交易，大树的根系借助真菌吸收地下水分，而真菌则从树叶的光合作用中获取营养和能量。

DONGGUAN TREES 023

TREES STORY | 树故事

TREES STORY

面对超强台风，东莞树木依然迎风而立

CHAPTER 01

TREES STORY | 树故事

送回土壤、空气和水中,死亡的生命以另一种形式进入新的生命循环之中。

就这样,古老的森林一点点地重新年轻起来。

2024年3月，在热门电影《热辣滚烫》取景地——东莞茶山小树林，上演国乐时装秀

TREES STORY

老树枝头, 新芽初露, 宛如岁月诗篇

CHAPTER 01

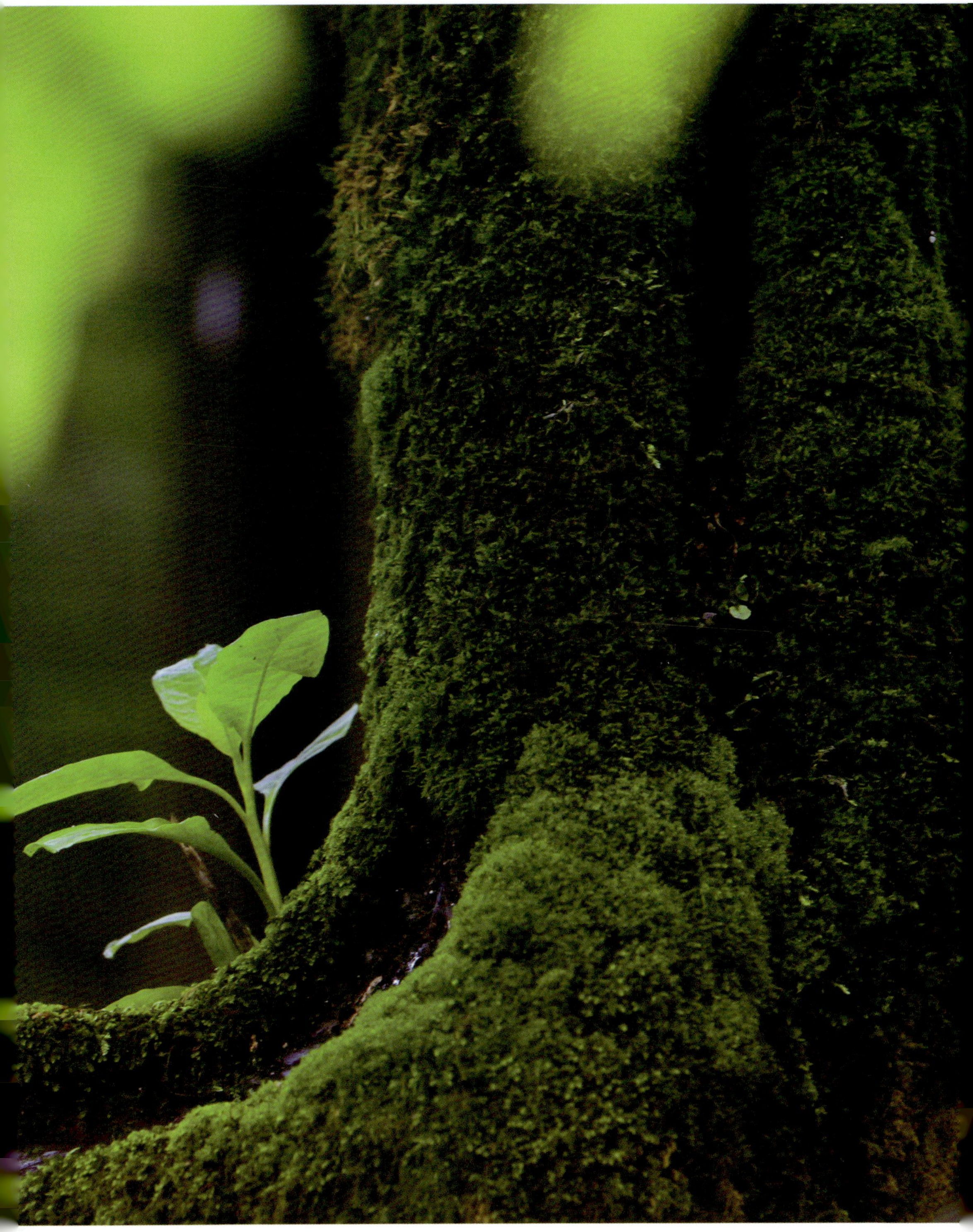

TREES STORY

2

CHAPTER

年轮

树身上承载着书写，它看到了一切。

老树也有家

曾几何时，老榕树是东莞茶山牛过蓢村的天际线。

漫长的岁月，大概有七八百年吧，这棵树是村子的守护神。数十年前，村民还在洪圣古庙外寻得一处角落，于老榕树侧面，建造了一个榕树老爷神龛。虽不入庙宇，倒也讲究，看得出，村子里的人都很尊敬老榕树。

即使是上了年纪，老榕树也没有在时间的变迁之中失去光彩。绿荫如盖，依然是对它最好的形容。

风水林

过去数个世纪，老榕树一直默默守着村子。之于孩子们，老榕树是乐园；之于村庄，老榕树代表的是村落宅基风水林。

古村坐东北朝西南，遥挹青山，近临池塘。茂林修竹，相互掩映，呈新月之势环抱村落，说的就是风水林。

可能北方人不太了解风水林，但是在中国的南方，没有风水林、风水树，就不能构成村落。风水林为村落提供大量食物、木柴、建材和生

CHAPTER 02

产原料，为附近的农田、果园及弃耕地提供自然恢复的种质资源，还能阻挡北风，促进生态循环等。可以说，风水林与村庄、村民组成最为紧密的同盟。从文化上来说，风水林也是村子走出自然状态，进入稳定发展阶段的见证。

这片群落林层结构明显的风水林，郁郁葱葱，蔚为壮观。现存的12棵高山榕、6棵细叶榕都已经自成一番天地，单树成林；朴树、岭南酸枣、白榄树、乌榄树等树种，构成了风水林的乔木上层；乔木下层有银柴、鸭脚木、破布叶、红车等；灌木层主要有构树、假鹰爪；草本层主要有海芋和假蒌。

古村的风水林，差异性很大，各有各的特点，就是同一个镇区的风水林，不同的村也各不相同。像大岭山镇大沙村风水林的乔木上层由小果山龙眼和银柴组成，金桔村的风水林则主要由小果山龙眼组成。无论有多少变化，这些风水林的共同点，就是形成了一个多样性的、平衡的生态系统。

小世界

可能，对于许多植物来讲，都怕与榕树生活在同一片土地。很多人称榕树是"植物绞手",因其生长速度快,会与其他生物抢夺土壤、水分和阳光等资源。其实这是片面的认识,榕树与其他生物并不像传言那样,处于残酷的自然竞争状态。老榕树不仅与其他生物,而且与人类、与村庄,都组成一个微妙且密切的命运共同体。

看,在老榕树的根部,就有一只盲蛛,刚刚擒获了一只从枯叶下钻出来的马陆。马陆虽然有上百只脚,但盲蛛有8条腿,且都是名副其实的大长腿,每条腿的长度都有身体的二三十倍。

盲蛛是残暴的刺客,它们捕捉猎物非常直接,就像对付这马陆,一击必杀,随后会毫不怜惜地把百足之虫咀嚼吞下。

这些惊心动魄的故事,其实是老榕树身上的另一个生命系统。大到蛇、鼠、鸟类、昆虫,小到肉眼看不见的微生物,无数生物与老榕树相依共生了数百年。看着这个小世界,就能感受到自然生生不息的力量。

到今天

老榕树和村子也同样亲密。过去,老榕树下时常有孩子来攀爬、掏鸟窝,年轻的男孩女孩在树下卿卿我我,勤劳的农人则会在树下捡

CHAPTER 02

古树掩映下的茶山镇牛过蓢村

柴、歇脚。

岁月流逝，村子开始起了变化。人们把村子和风水林保护起来，把"榕树-风水林"作为牛过蒟的招牌来招揽周末休闲的人们。林间铺了路，也有人整理好村子的传说、风俗，每有客人来到，都有人带领着，来看榕树老爷，来看风水林环绕的古村，讲述村子、大榕树和风水林的故事。

大榕树下，已是人来人往。

孩在古树下嬉戏，奏响童真与时光交织的美妙旋律

东莞可园湖畔，古亭绿瓦红柱，一池碧水映秋色

DONGGUAN TREES   039

TREES STORY | 树故事

一树一祠堂

看到千年秋枫,就知道了企石镇黄氏宗祠的位置所在;看到寮步钟氏宗祠的时候,也就知道了古芒果树的方向。

看似偶然的排列,如果一定要在其中寻出必然的话,那么,这就是中国的礼乐风景。

村与树

秋枫树今年已过千岁,经历了千年风雨,依然老干挺拔,不显有丝毫老态。树高超16米,冠茂翠绿,平均冠幅达11米,除了春季换叶、严冬偶有短暂落叶外,几乎四季常青。

秋枫走过了宋元明清,又走过民国,到了当代。它躯干粗壮,枝叶茂盛,远远观望,不见任何历史的烟尘。只有靠近,才能看到它的遒劲根系上堆满狰狞的树结,像是数十只争先攀爬向上的动物,却又如大理石一样黝黑透亮,透着深沉。

"左祠堂,右秋枫",顾名思义,企石镇旧围村的黄氏宗祠就紧挨着秋枫古树。据说,民国二十一年(1932年),惠阳县县长寻到旧围村。他祖上在明朝洪武年间就背井离乡到惠阳谋生,辗转数百年,他寻根问祖的时候，除了"左祠堂，右秋枫"，再无更多的信息，然已足够。

古树是村子的公共空间，孩子们玩耍，乡贤论事，都围着这棵秋枫。那时候多半村民是不识字的，也不甚了解经典里的圣贤话语。如这秋枫，村民们生命安稳信实，性情也清朗健旺。

如遇节庆等重要的日子，则是另一番热闹的景象。秋枫树下，还有宗祠之中，是祭祀的礼乐和熙熙攘攘的人群。这套规程，日日行之，日日由之。即使村民未必知其理，也未必明其旨，然在具体的行仪之中明白了礼乐，形塑了性情。

礼乐风景

走进寮步横坑村钟氏祠堂，喧哗瞬间赶走了进入宗祠的肃穆。祠堂的廊檐下村里的老人们围坐在一起，个个神清气爽，不见半点暮气，让人感慨此间的天地之和。

传统中国对礼有许多解读，对乐却难有一套系统说辞。"天地之和"之乐，是《乐记》的说法，其实近在眼前，就在这古树之旁的宗祠

TREES STORY

横沥镇朱氏宗祠，树木静静守护祠堂

CHAPTER 02

内。"风乎舞雩，咏而归"，不正是这些祠堂里休闲的老人们吗？

20世纪下半叶，破败的祠堂倔强地承担着学校的功能，这些满头银发的老人，早年间都是在这儿接受的基础教育。一晃数十年，待到80后钟立亮上学的时候，宗祠终于完成了它的使命，孩子们有了新的校园。

作为血缘村落里最高等级的公共建筑，宗祠的对面，隔着月亮湖，是宽窄不一的堤岸上的芒果树、荔枝树、龙眼树和小叶榕树。古朴苍劲的芒果树，有500多岁了，一直到今天，依旧会向村民们奉献出满满的果实。钟立亮说，盛夏来的时候，黄灿灿的芒果挂满枝头，村里会拍卖古树的果实，村民们也都抢着购买，这可是明朝古树的果实啊。

作为乡村的守护者，有了古树，我们才可以想象乡土中国的丰厚。即使是在城市文明大行其道的今天，古树对乡村的延续，不仅帮助我们重新想象那曾经鲜活的世界，更为城市文明制定了新的维度。大树、宗祠以及乡村，提醒我们，关于文明，还能有另一种认知。

这是大树的野心，也是宗祠的丰饶，更是中国传统的文化风景。

TREES STORY.

茶山南社古村的古树下，一群岁月的舞者

CHAPTER 02

DONGGUAN TREES   045

TREES STORY | 树故事

看见历史

岭南的乡村，古树，池塘，从来不是一个个孤立的存在。实际上，它们是一个宗族在历史中演变的缩影。

东莞市企石镇旧围村的先祖来自南雄珠玑巷，而寮步镇横坑村的先祖则来自河南省颍川，历经数百年的迁徙后，终于停了下来，落在这有山有水有树的宝地。宋代以后，珠三角普遍出现集体性的移民潮，少数宗族开始建祠堂，置族田，而到了明清，祠堂总量激增，衍生出许多家庭所有的小祠堂，比如横坑村的笔山公祠。

历史还在继续，独具岭南风格的宗祠已被修葺一新。宗祠里的庄重，变为琅琅的读书声，又换成了拉家常的喧哗。古树依然巍然挺立，散发着生命的温润，默然注视着村民敬拜日月山川，奉祀四时节气，更虔敬于祭天与祀地。

这寻常光阴的好风景，依旧充满烟火气。

古村屋檐翘角旁，木棉灼灼绽于碧空之下，晕染着时光的古朴与烂漫

TREES STORY

东莞厚街福神岗公园，城市的绿意留白处，市民于树间的吊床悠然小憩，偷得浮生半日闲

CHAPTER 02

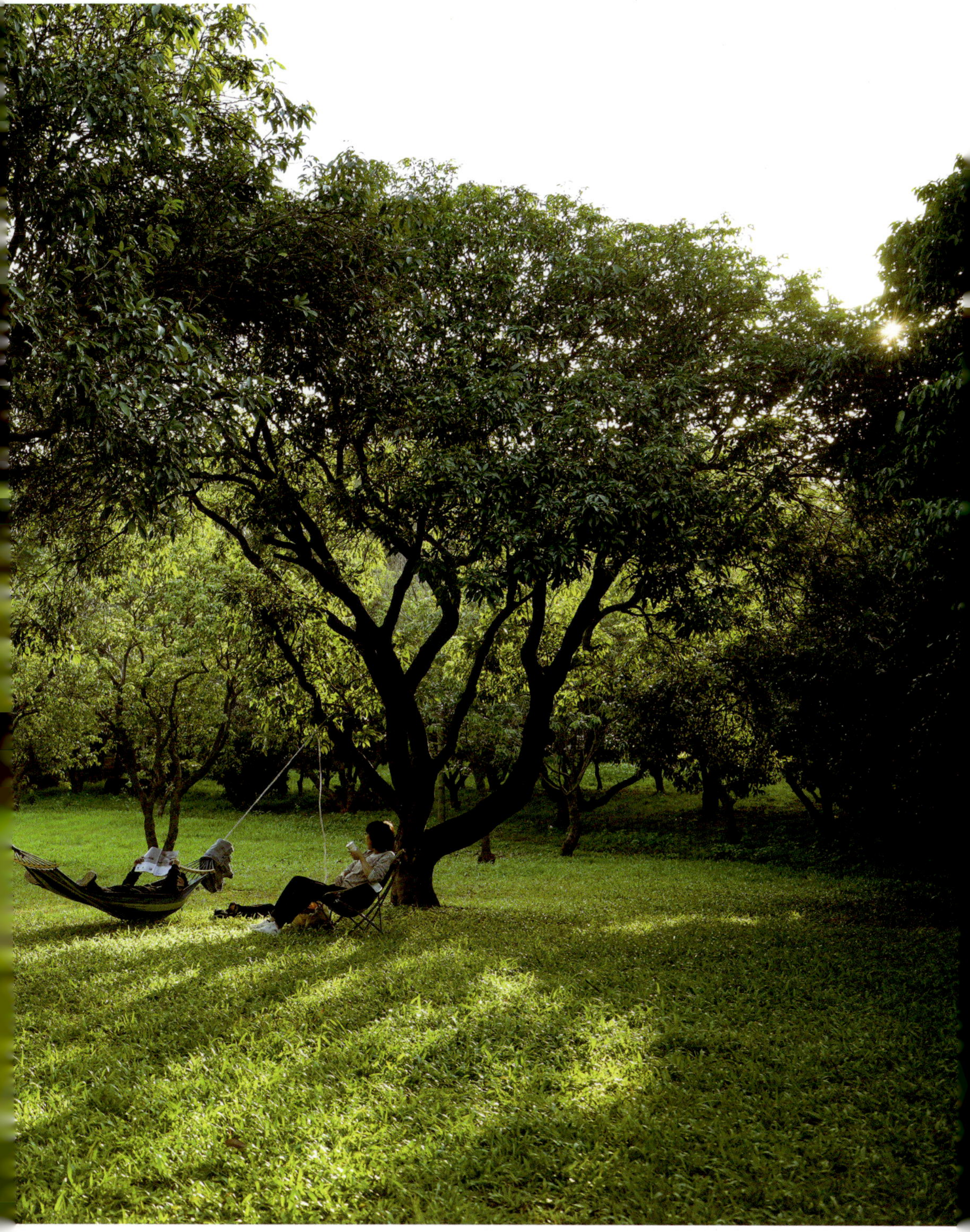

TREES STORY

3

CHAPTER

果实

每一个果实就是一座看不见的果园。

TREES STORY

樟木头金河社区荔枝合作社，观音绿荔枝幼果轻垂，似绿玉藏梦

CHAPTER 03

DONGGUAN TREES 053

TREES STORY | 树故事

荔枝的性格

东莞谢岗镇南面村，漫山遍野低矮的荔枝林，一棵连一棵，叶子密不透风，只有零散的野草，在树下挣扎生长。在那棵已有160多年的"荔枝王"树上，并没有看到细小的黄色花朵，按说是到了开花的时节了。

荔农林伟堂说，荔枝的收成有大小年之分，往年此时，正是打药（无公害农药）的时候，除掉蝽象、蛀蒂虫等害虫，然后慢慢等待开花。只可惜，今年的小年之小，几乎是他种植荔枝生涯之最。这个夏天是不可能出现炽热的阳光照在红艳荔枝果上的图景了，盛夏的蒸腾也不会带给果农丰收的喜悦。

林伟堂说这样的确很省心，啥都不用管，言语中有调侃，也有无奈。往年，荔农在培育荔枝时，总是非常小心，如何疏花疏果，何时积累养分，怎么克服大小年，有严格的程序，都会极力避免极端情形的出现。而去年，荔枝的丰收近乎疯狂，林伟堂的荔枝就收了一万多斤。

林伟堂种了200多棵荔枝树，在南面村算是小有规模。从1998年至今，他靠着自己娴熟的种植技术，成为当地荔枝种植的佼佼者。然而，技术再精湛的荔农也无法抵挡小年的来临。

花朵争相绽放，吸引着采蜜的"小精灵"

欲望和权力

味甘，爽口，这是品尝荔枝后的直接口感，也是人类始终无法隐藏的感觉，或者它可能就是人类某种完美体验的隐喻。

15世纪的东莞学正利仁有"香胜幽兰甜似蜜"的比喻，至于"日啖荔枝三百颗，不辞长作岭南人"，大约就是这种口感体验最为极致的表达。

吃货苏东坡被贬岭南，始觉岭南荔枝口感之妙，满足口舌之欲后，更是把吃荔枝上升到了审美的程度。"轻红酽白。雅称佳人纤手擘""似开江瑶斫玉柱，更洗河豚烹腹腴"，仅文字就让人垂涎三尺，美不可言。

这是一种无法遮蔽的欲望。它开始于舌尖之上，但不会仅止于舌尖。"长安回望绣成堆，山顶千门次第开。一骑红尘妃子笑，无人知是荔枝来。"唐代，广东荔枝是专供朝廷享用的贡品，风流倜傥的杜牧之把奢靡政治描述得太过写意，不如杜少陵的"忆昔南海使，奔腾献荔支。百马死山谷，到今耆旧悲"，更有诗史气质，悲愤而又悲壮。

荔枝林中，果农用辛勤的汗水，书写着耕耘与希望

TREES STORY

谢岗古荔枝树群硕果盈枝，似繁星坠于绿幕，诉说着丰收的欢歌

CHAPTER 03

DONGGUAN TREES　059

TREES STORY ｜ 树故事

TREES STORY

果实压弯枝头，压不弯果农丰收的喜悦

CHAPTER 03

历史叙述的断章，潜藏着一股暗流涌动的力量。无法想象，小小的荔枝，恰恰成为撕开唐王朝华贵面孔的那个缺口。学者陈四益更把汉唐时期吃荔枝和中国修长城做对比，"为了帝王和达官贵人一点口腹之欲，究竟又耗费了多少人的生命"。

唐王朝后，经济有所进步，荔枝的种植，亦有前进。至宋，专业荔农出现，荔枝飞入寻常百姓家。到了明清，荔枝开始有了不同的玩法。

岭南近代名士江孔殷太史，在荔枝成熟季节，把刚采摘来的荔枝整筐吊入花园内的古井浸凉再吃，或于晨光熹微自采自啖沾满露水的名品糯米糍和挂绿。江孔殷显然对于吃还有更多的追求，他在自己的农场对荔枝做了改良，从名品挂绿老树上折枝嫁接到另一名品桂味上，结出的果子"当中有一条绿线经荔枝蒂围绕果身"，味道香甜清爽，不可方物。

傲娇的脾气

如今，荔枝、苹果、梨等水果已经成为生活中常见的消费品。但果树们最难能可贵的，是它们始终保有傲娇的品性。在漫长的驯化过程中，从野生到培育，再到品种众多的成熟农产品，果树始终没有向人类完全臣服。

即使人类用最先进的农药灭绝害虫，即使人类培育出更多的品种，它们还是按照自己的节奏生长、开花、结果。

至于果树大小年的习性，果农亦积累了众多的经验，比如怎样控梢促花，如何保花保果，现在的果树种植在多数情况下都可以克服大小年，实现年年丰产。即便如此，仍然不可避免地出现极端情况。

完全以人类欲望来支配果树，近乎是一种幻想。从古至今，果树始终保有自己生命的规律，有着自己的生存逻辑。

可能，这也在暗示着人类的力量原来并不似想象的那样强大。就像荔枝的傲娇，也是它表达生命的一种方式。所谓千里驿路红尘飞扬的故事，正是荔枝的生命本色，也是它的可贵所在。

大岭山镇是东莞市荔枝的主产地之一

时间的香气

握着一把细长锋利的铲刀，用力铲在一棵莞香树干上，莞香种植技艺传承人刘东晓娴熟地铲出一道长条形，剔除外面的白木层之后，可以看到里面的木质布满棕黑色花纹。

刘东晓指着莞香树对我们说，这棵树近20年了，整树都已经结香。

东莞清溪铁场莞香园，有着最古老、最完整、数量最多的野生莞香群落，也有着莞香培育繁殖基地，这片经济林群落里，新种植的莞香树就有100多万株。莞香树是唯一以东莞地名命名的树木，其所产莞香是品质极好的沉香，获评国家地理标志产品和生态原产地保护产品。

漂洋而来

莞香树可能是中国最特殊的树种，早已声名远播。这种华南地区常见的常绿乔木，受真菌感染后分泌出的树脂，会散发出香气，经过多年积聚，产生系列变化沉积而成的固态结晶体，形成莞香。

作为热带、亚热带植物，沉香从东南亚热带雨林中漂流到越南，在西晋时期再输入到了中国南方，沉香成了莞香。

CHAPTER 03

明清时期，东莞的寮步香市与广州花市、罗浮药市、廉州珠市并称"广东四大名市"。外销的莞香先运至现今的香港尖沙咀集中后，再远销南洋以及阿拉伯国家等地。

其中过程，是沉香的本土化，也是一种文明的进程。

凝结的香

无法考证历史上第一座莞香园在什么地方，不过又有什么关系呢。看着刘东晓熟练的动作，千百年来人类就是这样种香和采香，可能自古以来沉香种植园就是脚下清溪莞香园的模样。

一棵莞香树至少需要七八年，甚至更长的时间才能长大结香。人类在莞香树种植上总结出一整套完善的程式，辨土、育苗、移植、截干，再断根移植等种香技艺，也在"开香门"（通过人工干预促进香树结香的过程）上有严格的规定，更在育香、采香、理香、拣香、制香等技艺上有成熟的方法。

生活的许多方面都有莞香的影子。围绕莞香，刘东晓还开发了系列产品。除了传统制香，它可以用药，可以制茶，可以制酒，可以制

伤口皆故事，凝结而成"香"

精油，也可以用于制作手工艺品。莞香似乎拥有一种非常的魔力，能自赋价值。

极致的商品化，源于古人对生活美学的极致追求，也源于中国人世俗文化的进步与繁荣。宋朝的时候，人们对沉香的鉴赏和分类已经非常精细：那种自然凝结而成的沉香称之为"熟结"，因为朽烂而形成的沉香为"脱落"，人以刀斧伤之聚结而成的沉香为"生结"，虫噬后聚结的为"蛊漏"。其中以熟结、脱落为上品，生结、蛊漏为下品。

作为一个生命，莞香树实在太过特殊。它以生命为代价，让香飘到对岸的香港，并随着全球贸易遍布三大洲，成为撬动文明的钥匙。

莞香贸易

东莞市寮步镇的牙香街并不长，作为国家级非物质文化遗产老街，现今重新修建的整条街道，也不过区区500米。然其曾经繁华，明末清初的《广东新语》有记载：当莞香盛时，岁售逾数万金。

依托寒溪河的水运便利，广东四大市之一的寮步香市成为莞香集中交易之地，也是古代海上丝绸之路闻名遐迩的莞香出口集散中心。

TREES STORY

寮步镇佛灵湖万亩莞香林依山面湖

CHAPTER 03

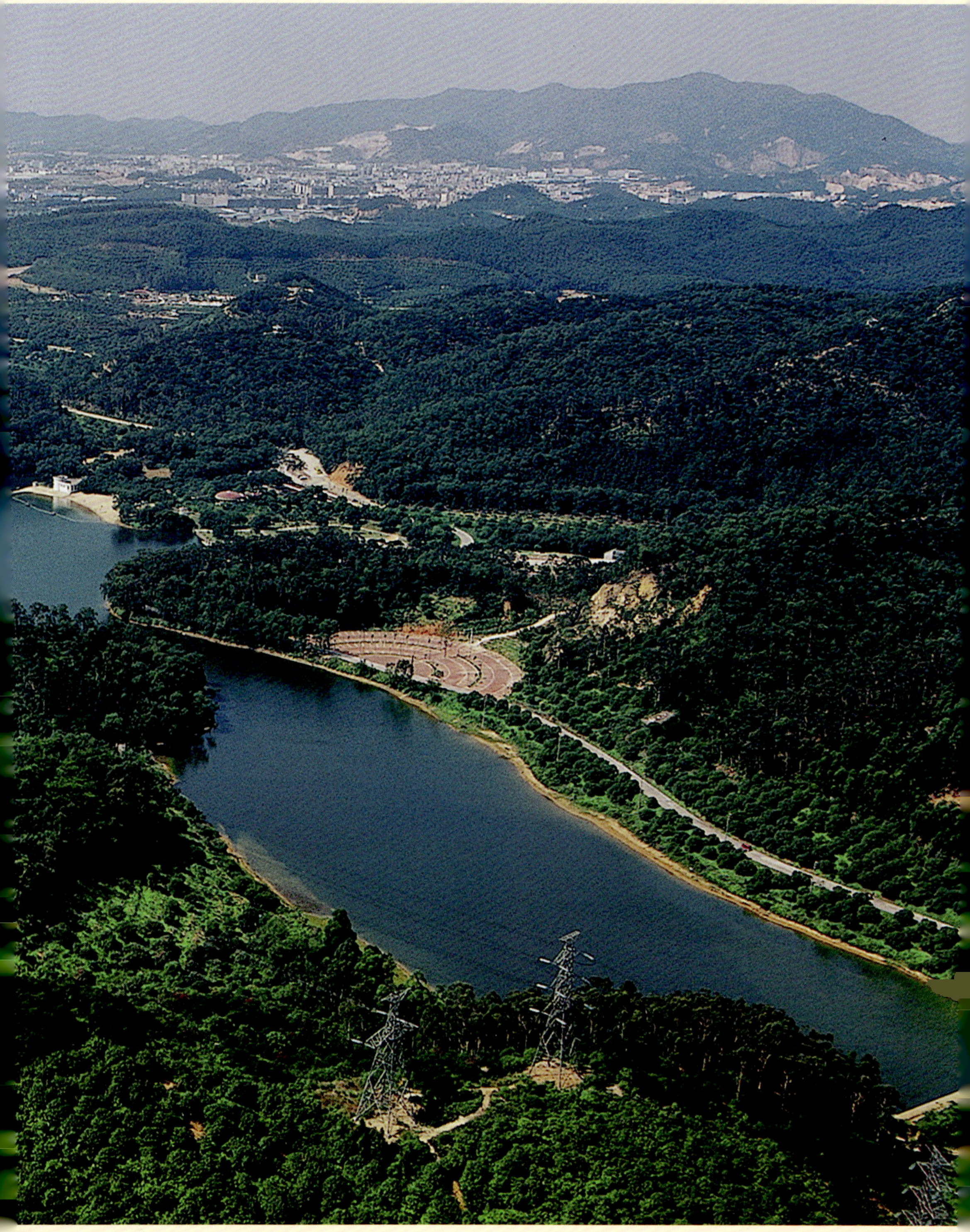

TREES STORY

在莞香树种植上，已经总结出一整套完善的程式

CHAPTER 03

因为航海经济的带动，香商便在牙香街上开设前店后户的商铺，店面用来制香卖香，后面用来住人。鼎盛时期的寮步，拥有香料店铺200多家，围绕着牙香街，前后共有13条莞香制作与贩卖的街坊。

从牙香街卖出的莞香，让欧洲人视如珍宝。它可以牵动欧亚大陆敏感的资本神经，当然，这一切都已经逝去，莞香还是莞香，至今仍在全球有着千丝万缕的香气联结。

现代之路

探索莞香产业化生产，是莞香制作技艺传承人黄欧一直在做的事情。

在机器化生产的潮流中，黄欧的制香工坊里莞香种植、加工、制作却回归本源，坚持人工技艺传承，坚守古法制作，包括移植、折枝、断根、开香门、育香、采香、理香、拣香、窖香、合香等30多道工序。他制订了莞香有机生产规程，并制订了莞香及莞香熏香企业标准，获得ISO9001质量管理体系认证等。

莞香有了全国性的行业标准，不仅对整个行业产生深远影响，也让莞香的生产加工得到有效监管和规范。标准化让东莞在莞香上更具话语权，让莞香一举获得国家地理标志产品的认证，这也是东莞获得的第一个国家地理标志保护产品。

黄欧的制作工坊不但可完成整个加工制造，还能主题鲜明地展示莞香的历史及种植、加工、制作的过程。以莞香为媒介传播莞香文化，这也是莞香现代化的一部分。

TIPS
莞香的香味，主要是由香味油脂挥发而生，含油量是决定沉香等级的主要标准之一。含油量越高，香油挥发的时间越长，香气越久远。

莞香从莞香树身上取下之后，还需要进行一道特殊的工序，名"理香"。理香就是用专用工具铲除香结表层多余的白木层。理香时，人们一刀一刀细细钩铲，直到露出黑色的油点，那就是最纯正的莞香。钩铲下来的白木屑，因其与沉香互为表里，亦带有香气，称为沉香屑。

莞香已获得国家地理标志产品的认证

一枝一叶地雕琢

黎德坚是不善言谈的人,而且带有浓重的口音,有时与他的对话云里雾里,只好频频点头。但黎德坚有一个与他人沟通的媒介——盆景,还不止一盆,而是有一座园子的盆景。

选择

春雨淅淅,黎德坚引着一行人漫步在真趣园,讲述20世纪80年代他与盆景结缘的故事。2003年,他放弃了红火的水产生意,一心扑在海岛罗汉松盆景上。他的讲述比行文更为写意,很显然,水产生意只是生活的手段,他不热爱。只是,盆景太过阳春白雪,他人又如何能理解海岛罗汉松之于他的意义所在。

世俗的质疑是毫无疑问的,就像问黎德坚为什么选择海岛罗汉松,他说,松像自己,都是在艰难环境中挣扎求生的顽强生命。

选择,就意味着一场中国审美的开始。

世间没有天生自在、俯拾即是的美,凡是美都需要经过心灵的创造。真趣园中,数百盆松,或苍劲古朴,或挺拔飘逸,或自然雅致。

这松的形象，一半是天生，一半是人为。在园子里闲步的时候，黎德坚不时会拿出随身携带的小剪刀，修修枝丫，左边看一下，右边再看一下，这才放心地踱步去他处。有时，即使不修剪，黎德坚也会驻足欣赏一番。

这里，一半是心灵的发现，一半就是创造。

浸润久了，黎德坚慢慢在盆景界闯出一番天地，获了不少奖。他十年来抢救保护了大量海岛罗汉松桩材，还培育出获国家林业和草原局授权的海岛罗汉松新品种"真趣松"。

反差

一城之中，与黎德坚的盆景相唱和的，是张敬修与可园的故事。

张敬修以武将起家，以文人之风行世，他给后人留下的最大遗产却是其私邸可园。

今之可园，被覆盖在树木、花草之中，恍若一个浓缩的植物园。园子不大，也不似江南园林一般精致，却一样聚拳石，环斗水，极尽传统士大夫之于乾坤的想象。

传统士人的园林是贵族园林，黎德坚的盆景是平民对生活、乐趣、悲喜的选择。看起来，两者大相径庭。但从根本上说，一树一盆景与一园一乾坤没有本质区别，或者一座城也一样，都是人的抒情，所承载的都是中国人对美、对生命的想象与表达。

另一个层面上，从张敬修到黎德坚，拒绝庙堂的陈词、古寺里的幽歌，在盆景之中发现更本真、更自主的生活，这不能不说是一种生命的成长。

黎德坚把真趣园建在立交桥下面的空地上。桥上是车水马龙的嘈杂，桥下就是满园真趣的清雅。对黎德坚来说，这是平常的景象，他也用"闹市里寻得静处"这一极大的反差，表达一种关于生命的美学。

紫花，绿枝，垂柳，荷影，东莞可园的窗框成了画框

TREES STORY

古木新绿，在咫尺天地里，藏着岁月沉淀的静谧与悠远

DONGGUAN TREES 079

TREES STORY | 树故事

TREES STORY

4

CHAPTER

相守

用文明守护森林，在野性中保存这个世界。

TREES STORY

细密的树林，织成了一座绿色的迷宫

CHAPTER 04

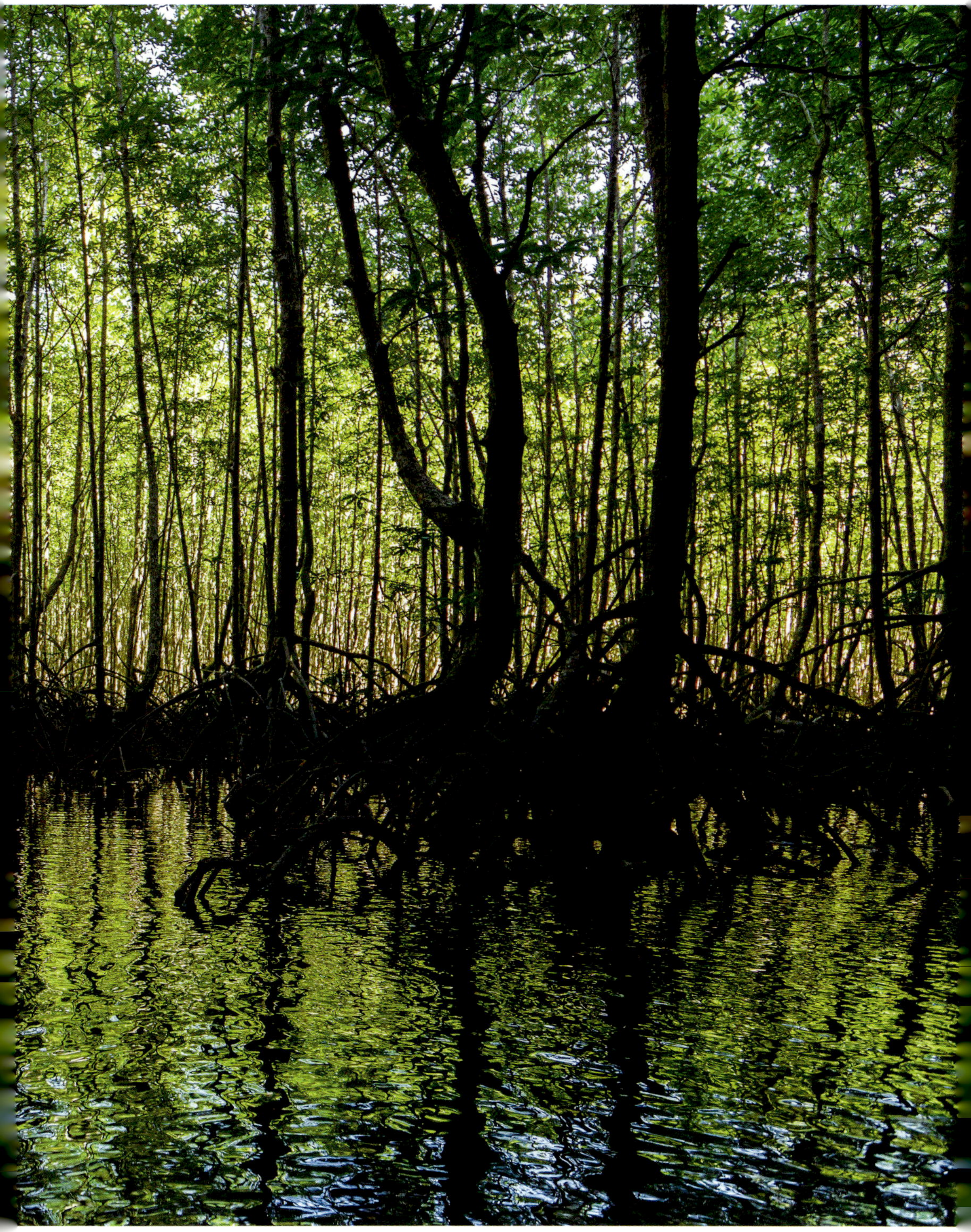

无声的守护

如果热带雨林是地球之肺，那么湿地就是地球之肾。防洪排涝、涵养水源、水质净化、调节气候、生物多样性保育、防浪固岸等问题，都与湿地有直接关系。

面对现代污染问题，湿地里的植物能做什么？

净化者

在周末，如果与两三好友去踏青，东莞生态园是个不错的去处，尤其核心区的国家城市湿地公园。

园区的西北角，约有3000平方米，由600多块湿地植物池构成，长满了粉美人蕉、花叶芦竹、风车草等植物。如果不注意观察，很难看到这些植物下铺满了水管。这些都是垂直流人工湿地系统的核心部分。其净化机理是通过独特的"土壤（基质）–植物–微生物"生态系统，在物理、化学和生物的沉降、吸附、过滤、分解、固定、离子交换、络合反应、硝化和反硝化等综合作用效应下，污水中污染物质和营养物质被系统吸收、转化或分解，从而使污水得以净化。

垂直流湿地硝化能力强，适于处理氨氮含氧量高的污水，但处理有机物能力欠佳。与之互补的，还有表面流湿地和潜流湿地。

水绕山环，峰峦叠嶂，进入同沙生态公园的时候，才发现它就在城市的中央。公园里有许多水塘，里面分别种植了不同的水生植物，有美人蕉、荷花、睡莲、金鱼藻、香蒲等。从2009年开始，同沙水库开启了水污染综合整治工程，包括尾水排放、环水库截污管网、垃圾渗滤液处理、雨季溢流污水处理以及清淤等五项整治措施。

主要工艺是先通过沉淀塘，然后到调蓄塘，然后到一期植物塘、二期植物塘，然后再来到潜流湿地，经过潜流湿地再到三期植物塘，再到浮岛。同沙生态公园的潜流湿地，同样是利用水生植物快速生长繁殖的特性，吸附水体中的养分物质，达到优化水质的目的。经过这个净化过程，水质可以达到二级水源标准。

在东莞24处湿地公园中，华阳湖国家湿地公园非常有代表性，它也是从工业废水中走出的"花海漂游"。湿地内不仅有千屈菜、美人蕉、荷花等水生植物，共48种30多万平方米，还在堤岸种植了夹竹桃、垂柳、桃花、黄槐、木芙蓉等20多种树木，共35800棵。其中，落羽杉吸引了更多的眼球，它来自远古，修长傲立，裸露的根部深深地扎进湿地的土壤。

在城市的喧哗之中，最为沉默的，一定是湿地。它们不似森林那样壮阔，也不似海洋那样深邃。可湿地与城市联系最为密切，它们是沉默的守护者，提供了城市繁荣最为基础的生态系统。

保护者

看起来，水生植物生活简单，阳光下无所事事，其实它们最清楚自己在做什么。

在全球114个国家和地区的热带和亚热带的低浅海岸，覆盖着声名赫赫的森林——红树林。世界各地的红树林，包括很多种树和灌木，各自进化出一系列生理学的本领，能应对生存所面临的极端恶劣条件。比如树根的木质外围有层外壳，作为超滤器，能够防止盐分从传导导管进入而侵害植物的其他部分。所有的红树林树种都有此本领，有些尤为擅长，比如红树；有些过滤盐分不够有效的，像海榄雌属，它能吸收少量盐分，但叶子上的特殊腺体会积极过滤掉盐分。

红树林这种非同凡响的特殊植物，把陆地和海洋的食物链连接到一起；它们还过滤掉从陆地流入的泥沙，保护了海草床。

它们保护陆地免遭海啸侵袭。如果有红树林在，可以极大降低海啸的

大岭山森林公园湾区自然学校，生态露营节上潮流气息满满

TREES STORY

同沙生态园中的"小鸟天堂",犹如一颗绿宝石点缀在湛蓝湖水之中

CHAPTER 04

DONGGUAN TREES 089

TREES STORY | 树故事

TREES STORY

同沙生态公园里的"网红树",虬枝舒展,绿意翻涌

CHAPTER 04

破坏性。就是2004年印度洋海啸，也一样可以最大限度地降低灾难的毁灭力度。

如果破坏了红树林，不仅以它为家的生物、所有受它保护的海草床和珊瑚，都将受到牵连，进而消失，最后受到重创的还是人类。这是毋庸置疑的。

对红树林重要性的认识，被写进了城市的未来。根据东莞滨海湾新区城市总体规划，新区计划在磨碟河和仔斗涌区域、东宝河西岸入海口规划集中种植红树林等植被，建设滨海湾湿地公园，改善和保护红树林生存环境。红树林护卫着海边的城市，城市对树的渴求永无止境。

火树和银花

东江南岸，樟村村前，古木棉树植于宋朝，树龄800多年。树高12米，腰围4.6米，平均冠幅8米。它躯干高大，刚劲雄奇，昂然屹立，俯瞰江流。

相传，明朝万历年间，一到夜晚，此树闪烁生辉，枝干玲珑，甚为壮观，其光华在几公里外的石碣等地依稀可见。

历史的讲述太过传奇，但传奇的叙事也带着人们来到数百年前的现场。

浩荡的东江河畔到处是池沼塘涌，灌木杂草丛生，唯一例外的是这棵木棉树，傲然耸立于高坡上。每年夏季，草木间、塘涌边的萤火虫都泊在木棉树上。星稀月朗之夜，萤光四射，闪烁不定。萤火虫密集时，整棵大树华光璀璨，构成一幅火树银花的异景奇观。

生存同盟

树木在昆虫出现之前就已经存在，首批飞行昆虫约于3亿年前才进化出来，而原始树木登场的时间至少早于昆虫8000万年。首批进化出来的树属于裸子植物，就是借助风和热气流散布花粉，繁殖后代。

而依靠昆虫和鸟类授粉的树则不太可能群居，因为它们的动物伙伴乐

石排云岗古寺，古树如盖，枝叶摩挲，似在诉说往昔故事

于飞到其他地方，找寻同类植株。有些树木和昆虫甚至进化出互助对子，协同进化。简要说来，就是植物通过进化，产生系列代谢物保护自身。同时，昆虫种群帮助树木授粉，并重新适应植物。成对的交互作用，形成了动植物生态关系的多样性。

与植物老师散步

在东莞的一座森林公园，与自然课老师一起漫步，可以急速拉近人类与植物的距离。一道认知的大门慢慢打开，树木有记忆，树木能感受，树木有视力、有听觉，也有嗅觉，有时候都要怀疑它们到底是何方神圣。更为神奇的是，树木也是有伴侣的，这一点与动物殊无二致。

走近一棵大树，很难找到未被虫子咬过的痕迹。如果幸运，你还可以看到毛胫豆芫菁这样的树叶杀手正在蚕食叶子。但是，大树却未因此而生病，或者倒下，依然生机勃勃。对于一棵健康的大树来讲，少数昆虫的口舌之欲并不能对树木带来致命的伤害。大自然有自己的法则，而生命间的关联、默契，远远超出我们现有的理解。

同沙生态公园从未失去生机，一年四季总是绿意盎然。海芋硕大的叶子清爽宜人，若你靠得再近一些，就会发现绿油油的叶片上竟然布满小圆洞。整齐的圆孔，让人怀疑是不是有人故意恶作剧。

树木从来不会轻易袒露秘密，不过在夜晚，正是捕捉幕后黑手的好时机。电筒光照射在海芋叶片上，抓了个现行，幕后黑手锚阿波萤叶甲正在海芋叶片上画圈，切断叶脉——这样古怪的行为让人诧异。原来，海芋的叶片里有抵御动物取食的毒素，一旦叶片被吃，海芋就会沿着叶脉输送毒素。于是聪明的锚阿波萤叶甲先咬断输送毒素的叶脉，毒素流不过来，也就降低中毒概率了。

生命痕迹

对于昆虫来讲，树木的花朵、枝干、树叶、果实，都可能是它们的食物。昆虫用刺吸式口器刺进植物表皮，汲取汁液。不过，不要以为在昆虫面前树木一直处于被动挨打的局面，树木会组织群体的反抗。如果一根枝条上的叶子正被迅速啃食，那么邻近的枝条，甚至邻近的树木都会发出恶味的物质，破坏汁液中可口的糖分。

对植物的观察，植物学家总是有不一样的视角。这些有瑕疵的叶片，在植物学家的眼里是一幅生命的活动地图，是树木与昆虫之间层层交叠的生态连接。

如果只是几只昆虫在叶子上捣捣乱，也无关痛痒，可一旦过度，就不一样了。就像枯叶蛾，它们在果园、树丛中暴发，一场盛宴之后，几乎可以让整个果园、丛林枯死。

树木和昆虫既"相杀"，也"相爱"。树木庇佑昆虫，昆虫则帮助树木授粉繁衍。几亿年来，昆虫和树木在自然中结成生存同盟。这是生命的另一种美妙。

东莞虎英郊野公园，萤火虫似洒落人间的繁星，编织出夏夜独有的浪漫诗章

密林中的珍宝

东莞银瓶山中，清早醒来的鸟儿此起彼伏的鸣叫，并没有惊扰还在熟睡的伙伴。前一天大家背着沉重的器材和物资，徒步登上银瓶山的最高峰。经过连续的考察工作，大伙的体能已经到了极限，疲惫都写在脸上。到了晚上，搭好帐篷，大伙就钻进睡袋。少顷，就隐约响起呼噜声。

夜晚的山谷，像一个神秘的空间，充满形迹可疑的声响。各种蛙和虫肆无忌惮地鸣叫着，风掠过山脊，草木动荡。

多样的生命物种，是人类赖以生存的源泉。银瓶山多样性的生命形式，聚集在地形陡峭、人类很少踏足的森林中。华南植物园的科研人员背着行囊，沿着溪流，蹒跚穿行。在盘在枝条上长蛇的注视下，在手机信号全无的山谷深处，森林为你袒露了自然最为本真缤纷的景象。

共同体

20世纪80年代，陈进来到银瓶山，在这儿工作，又在这儿结婚。这座连绵的大山，是他生活与工作最直接的见证者。如果具体到一棵树，陈进很愿意是山上那棵古老又粗壮的润楠。

它真美啊！陈进清楚地记得刚刚发现这棵润楠母树时候的感慨。它犹如一把巨伞，遮蔽了上百平方米的地盘，比它低矮的甜锥、红花荷、卵叶杜鹃、白花油麻藤围绕着它生长。乔木、灌木、藤本和草本植物在不同高度填充了每一处空间。枝叶扶疏，缠绕垂悬，在不同的时节里发芽、开花、结果、落叶，这里的一切疏密有致、繁简适宜。

"润楠滴翠"，也许只是最为浅层次的描述。像这棵数百年的润楠一样，大山孕育了一个繁芜又细致的生命体。它收留了凶猛的野猪、隐匿的毒蛇、优雅的红嘴蓝鹊、绚丽的黑眉拟啄木鸟，还有蹁跹的蝴蝶、蜻蜓。如果你有足够的时间，拨开地面厚厚的落叶、枯枝，还可以发现各种白蚁、蚯蚓、马陆、蟑螂等近百种物种，在阴暗潮湿的环境中忙碌着。

事实上，如果可以，捧一抔土，在显微镜下还会看到各种苔藓、螨虫、真菌等微小的生命。

围绕着每一株大树，都形成了众多细小的却同样井然有序的生态系统，而它们又是整座森林、整个山脉秩序的组成部分。

更多的时候，人们甚至对连续物种形成都缺乏足够的了解。对于银瓶山的记录，其实只是刚刚开始，要真正了解它，怕还早着呢。

TREES STORY

大屏嶂森林公园，葱郁的林木勾勒出一幅静谧而深邃的绿野画卷

CHAPTER 04

新发现

太阳已经升至高空，光线也变得炽热。考察队收拾好行囊，准备继续沿溪而行，向密林深处前行。小溪另一边的石头上，一条眼镜王蛇，得有三四米长，正趴在那里晒太阳，听到有人类的脚步声，警觉地动了动脑袋，考察队一行人远远地绕过去，它都没有瞧一眼。

虎舌红总是那样艳红，在森林之中非常醒目。还有草珊瑚，躲在阴湿的角落，一样红艳艳的，因为药用价值，在森林中发现它，忍不住要多望几眼。

在大山之中穿行，已经两天没有碰到一个人了。曾经想象，饿了，就随手摘个野果吃，像孙大圣吃蟠桃一样。很可惜，事实上不是这样的，山上的野果都非常硬，根本无法下咽。大山里的浪漫真的与想象没有关系。

半山腰的山沟，有一处叫观音坐莲的地方，陈进引路，华南植物园的邢福武教授带队，他们想要去记录那里的福建莲座蕨。

TREES STORY

东莞第一峰银瓶山主峰898米，因远望像一尊银瓶而得名，是绿美广东生态建设示范点

CHAPTER 04

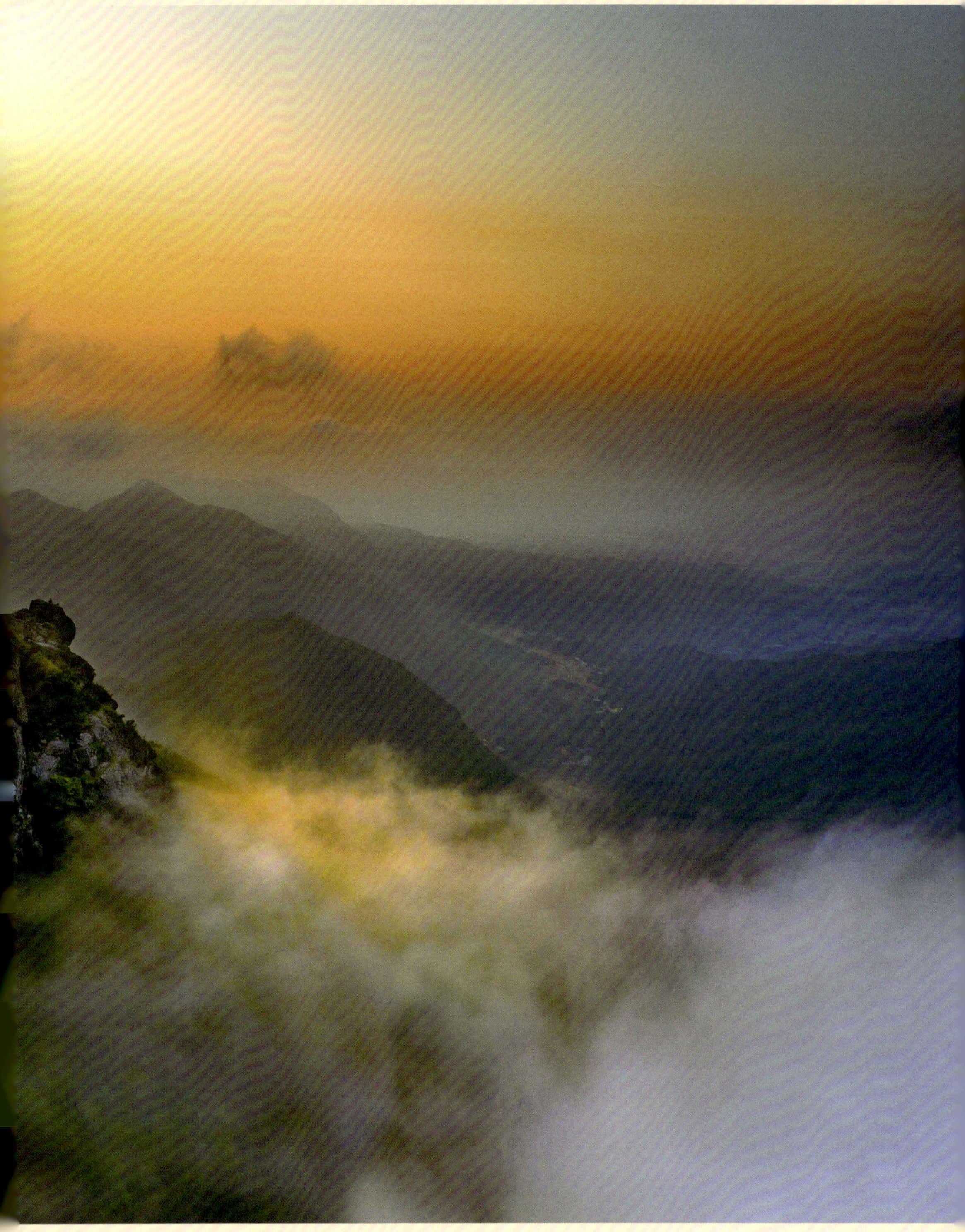

陈进在银瓶山工作20多年了。他经历了银瓶山的封山育林，也经历了栽种经济林的过往，后来赶上林场改革，林场成为森林公园。

以往，很少有人抵达此处，毕竟森林险峻，常常让人陷入无路可走的地步。又是一天跋涉，大家无法掩饰疲惫，考察队的随队记者更是一路被搀扶着。邢福武一手泥巴，还带着血迹，他看了看，也不知什么时候碰伤的，微微有些疼痛，反正也顾不得了，只管向前走吧。

古树，林深，路滑，重重危险，陈进虽不是科考人员，但他用真实的疲惫感受到，考察不亚于一场生命的冒险。

终于爬到观音坐莲台。在一睹莲座蕨的真容，做了记录之后，时间已经是下午四五点了，考察队准备结束一天的考察，返回营地。

"三尖杉？"邢福武教授低低地发出声音，四野阒然，大伙都听得真切。考察队循声望去，一株高达20米的乔木，褐色的树皮，广圆形的树冠，叶子螺旋状生长着。这确是三尖杉，没有疑问，邢福武教授有着丰富的野外考察经验，他非常肯定。这次考察，他一直想象着莲座蕨周边是不是有耐阴、耐潮的稀有植物生长，发现三尖杉真是数天来最开心的事情。他也是第一次在这座山上看到，树的周围只有一些三

阳光洒进林间，每一寸光影里，都藏着自然的温柔絮语

TREES STORY

清溪湖水库群山环绕，山水相映

CHAPTER 04

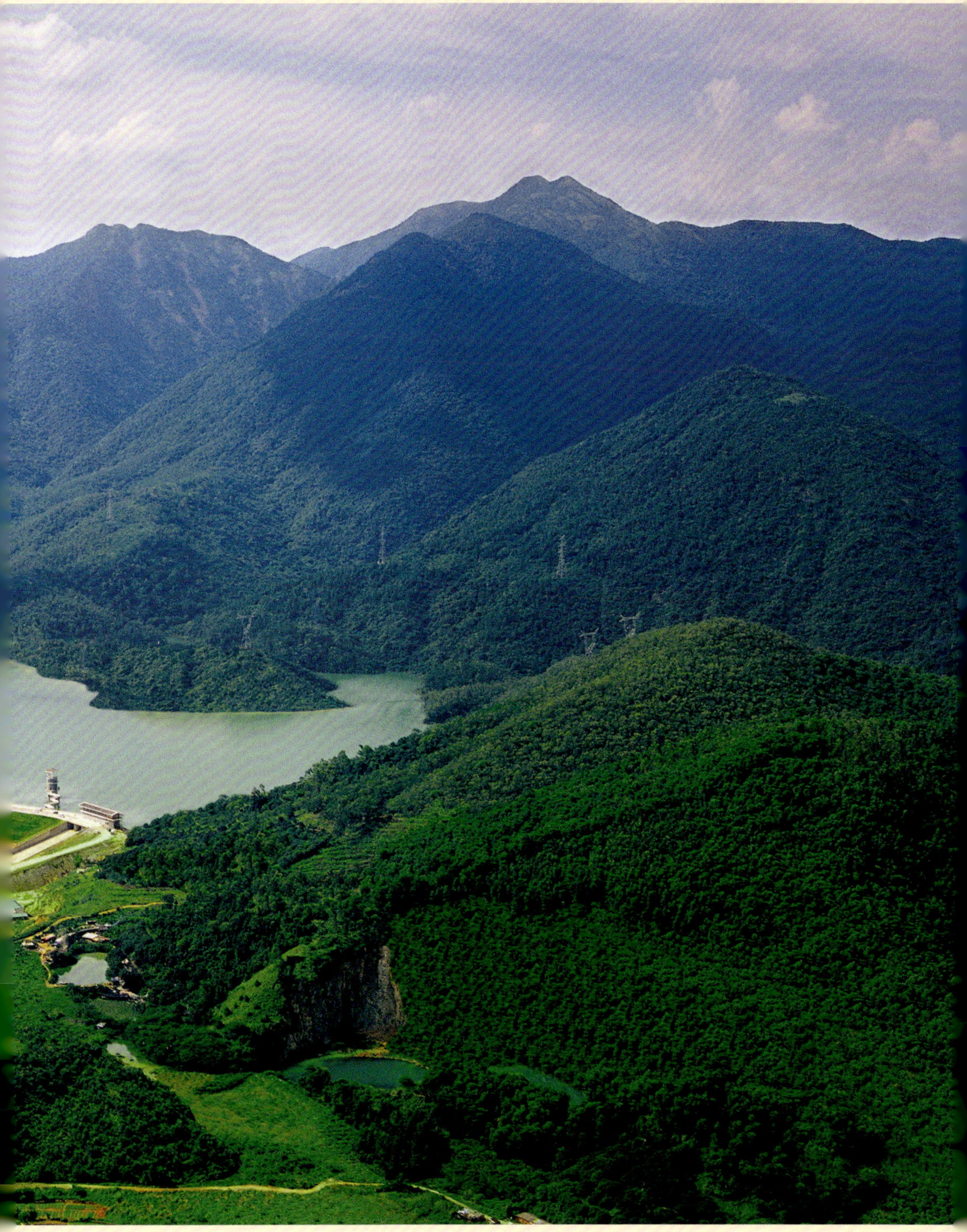

TREES STORY

大岭山森林公园，蝴蝶在树上采花蜜

CHAPTER 04

尖杉幼苗，看来，这一群落已经极度濒危了。

惊喜远远不够。三尖杉之外，这个傍晚，野龙眼、野生梧桐都争相跑了出来，也算是大获丰收了吧。一个星期的考察，当时还是助理研究员的王发国记录下了苏铁蕨群落、桫椤、穗花杉、大苞白山茶、柳叶石斑木、吊钟花等众多植物。其中，最开心的是他偶然发现的尖苞帚菊。

那天，在翻越一个山顶的时候，王发国的视线被石头旁边的一丛灌木晃了一下。他心里忽然一阵窃喜，却又克制住了。他转身，弯腰观察了半天，没有错，是尖苞帚菊，俗称阳春扫帚菊。一直非常安静的王发国欣喜不已，像个孩子一样围着尖苞帚菊转来转去，端起相机，拍照，记录下它的模样、生存的环境。王发国又在周边踅摸，也留意着每个山头，他判断银瓶山上尖苞帚菊数量不会超过1000株。

相互守护

健康的春日森林里充斥着新生命，昆虫纷纷飞向天空，鸟类欢快地交配和筑巢。

如果把普通的听诊器贴在树干上，就能听见树液有节奏地升降的涌动声，把这涌动看成是文明、城市的气息并不为过。

护林人和树木之间自古就有的合作关系，创造出一种近乎完美的土地永续利用方式。作为一个护林人，陈进每日在这森林穿行，能辨别出每片区域的气味差别。

他觉得，大山、森林和人类一样，用自己的方式守护着这片土地、这座城市。而人类也越来越认识到森林的价值，正在用各种方式保护森林，就像陈进每天做的事。

森林是拥挤的，充满了各种形态的生命

抢救一棵树

"28万!必须成对才卖吗?那棵单独的呢?"2008年,陈银华出来找树,恰好在城郊一个伐木场看到三棵倒伏的人面子树,都是数十年的大树,也是他们刚刚收来准备用作原木的。陈银华来得正是时候。

"8万。"伐木场的人回答。

陈银华很喜欢这棵人面子树,他第一眼看到的时候,觉着它像少女一样姿态美好。作为岭南特有的树种,它还有热带乔木常见的板根,就像少女的摆裙一样,很有动感。不过,陈银华知道,8万还是超过了预算,所以他只能杀价。6万。确定了价格,陈银华回到学校,找张木胜校长要钱。

听到价格后,张木胜校长迟疑了一下,考虑了十分钟,他问陈银华:

"你是不是喜欢这棵树?"
"喜欢。"
"喜欢,就把它拉回来。"

4年才发芽

移植非常顺利,陈银华常说:"钱不关我的事,种不活才是我的

CHAPTER 04

事。"人面子树种下后，陈银华一直精心照顾，还组织学生轮流给树浇水、除草、补给营养。每次从旁边走过，他都会掐一掐树皮，看看是否还活着。

他一直等待，学生们也在等待。但是人面子树始终没有长出新芽，漫长地等待一年又一年。

4年后，2012年端午节，有工人找到陈银华，告诉他树冒芽了。陈银华当即放下手头的事情，跑到树下，搬来梯子爬上去察看。人面子树真的活下来了。

2007年，张木胜出任谢岗中学的校长。新官上任，他就先砸开校园里的水泥地，种下四处低价购买的大树，让校园不再曝晒，让小山不再光秃秃。这些都不是目的，张木胜想通过这样的方式，建设一个新的校园文化，关于生态，还有关于对生命的感知。他不希望学生隔绝在钢筋混凝土的校园与城市之中，无法真实地触摸生命。

于是，种树、养花改变校园环境，这是最为直接，也是见效最快的举措。

人面子树成为陈银华移植树木的一则经典案例。树移植顺利，生存漫长，而学校门口的大榕树则恰恰相反。

TREES STORY

树木和人，每天都有动人的故事发生

CHAPTER 04

树的重生

一般来说，冬季是移植落叶树种最好的季节。当然，这不包括榕树。生命力极其顽强的榕树，在酷热的夏日，在躯干被分为两半打着铁钉的情况下，依然重新生长。

谢岗中学行政楼前，有一株大榕树，虽不是那种苍翠"枝繁形若盖"的感觉，树干周围也被铁栏支撑着，但众多的气生根已经深深地扎入土壤。看得出，大榕树已经接受了新的家园。

2010年夏天，河源市的一棵大榕树被烈风劈成了两半，倒下，砸在了民房上。如无意外，大榕树要被锯成多块送往伐木场了。张木胜被告知这个信息后，便和陈银华一起来查勘。陈银华学生物，他判断出这棵古榕还能抢救和移植。

被劈开的古榕，不幸中也有万幸。古树一分为二，解决了运输难的问题。否则一棵粗壮的榕树，无论怎样也装不上卡车。

早先，陈银华用黏土和的稀泥包扎好古榕的树根，再裹上塑料薄膜，防止树根水分散失，这是一个相对原始有效的方法。一棵树像一个人，倒下是受了重伤，移植也是一次在死亡线上的挣扎。

陈银华对树的情感是如此真实厚重，在移植过程中，他把这份情感传递给学生们，让协助救树的学生们也感受到认识到植物生命的脆弱与可贵，自然也投入自己的感情。

移植古榕，还出了点小意外。吊车吊着古榕上车时，绳子滑了一下，树根的泥巴，受到惯性的作用，直接甩到陈银华的小腿上。当时看没有什么外伤，但肌肉组织有损伤，一个月后陈银华方才正常走路。

相对于人面子树漫长的重生过程，古榕用铁钉钉住缝合躯干，再牵引气生根，让它获得大地给予的无限生命力量。

移植来的树木，发了芽，说明树有生命活动，并不代表生命得到重生。一般而言，移植的生命，必须经过春夏秋冬四季的洗礼，才可以肯定成活，否则发芽就是假象。不过榕树例外，它十天后就发芽了，活了过来，即使是在炎炎烈日之下。

移植的树木，必须经过春夏秋冬四季的洗礼

TREES STORY

大屏嶂森林公园，密林重叠，山路蜿蜒

CHAPTER 04

12年的奇迹

白兰树特别难移植，尤其10年以上的白兰。校园里这3棵白兰树的移植，却是陈银华记忆中少有的在充分准备的情况下完成移植的。

2008年元旦，谢岗镇敬老院迁址，3棵白兰濒死。

陈银华有时间去做充分的准备，他把白兰的移植工作分拆为两阶段：首先在原地断根七成，再剃掉树枝七八成；一个月后，等主根断口处重新长出细根，再把树木小心地运回学校。现在，这3棵白兰已长得郁郁葱葱。

从2007年到2019年，12年的时间，谢岗中学共抢救和移植了80多棵大树，只有几棵树木因为各种原因不幸死掉，其他都获得了新生，已经是奇迹中的奇迹。

成功率如此之高，毫无疑问，有陈银华移植树木的独到之处。抛开这些，只有沉溺于自然的人，才能真正理解每棵树木的生命节奏。陈银华一直给学生们讲："树是不容易的，我们既然弄了回来，就一定要种成功。"

TREES STORY

秋日的黄牛埔森林公园，彩林临水而立，绘就出一幅自然的诗意画卷

CHAPTER 04

DONGGUAN TREES | 121

TREES STORY | 树故事

TREES STORY

5

CHAPTER

重生

用树木和花朵，把乡村和城市结合起来。

从未见过一棵心怀不满的树

城市有了绿色，那么接下来城市需要什么？答案是：色彩。

在东莞，从新源路、翠峰路到迎宾路，再到松山湖，黄花风铃木、紫荆花，还有木棉花等开花树种，一路烂漫，让人应接不暇。

黄花风铃木，树冠圆伞形，形态优美，会随着四季变化而更换风貌。花期在三四月间，花冠像风铃状，簇拥成团，花色鲜黄。紫荆花常绿繁茂，花期在冬春之间，花大如掌，略带芳香，紫色或粉红色，十分美观。木棉树树干直立，早春季盛花期满树艳红，秀色诱人，是优良的观花乔木。

城市的景观带树木高矮错落，力图在色彩上呈现彩色的视觉盛宴，使市民在不同季节都能观赏到成片开花的壮观景象。

"我们一直在寻找，可以代表城市风格的树种。"绿化公司总经理南建勋说，"以前城市是做绿化，现在是做美化。一个景观带，会有几百种植物。如何搭配，是我们的任务。"

有了色彩，那么接下来城市需要什么？

呵护。

黄花风铃木绽放，小女孩奔跑着迎接春天

TREES STORY

松山湖松湖烟雨景区，黄花风铃木明艳盛放，与华为小镇的欧式建筑邂逅，自然与科技共存

CHAPTER 05

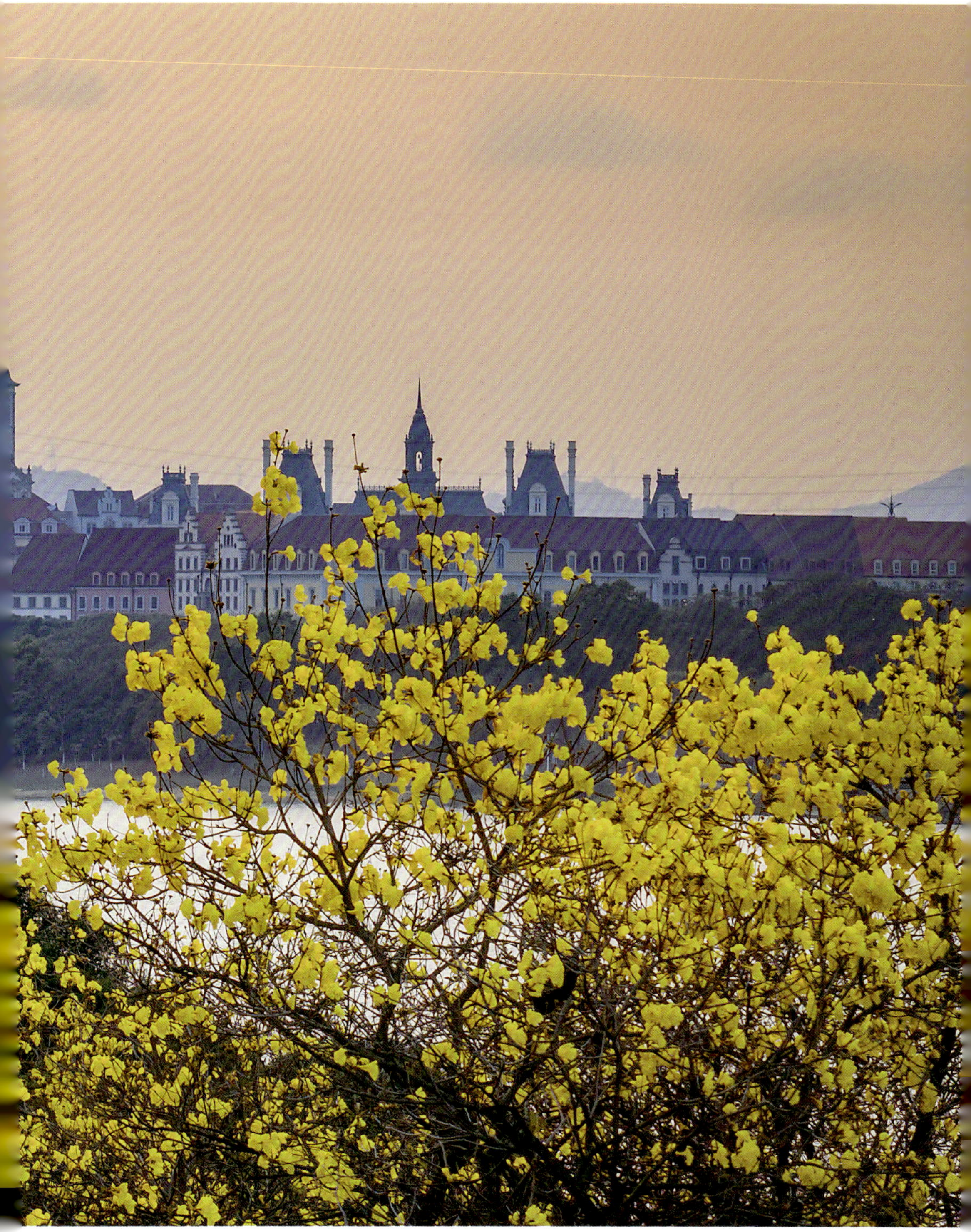

东莞植物园，紫花风铃木绚烂绽放

大树医生

10多年前，东莞大道上有几百棵棕榈科植物被椰心叶甲为害，它的幼虫取食幼嫩的叶肉组织，造成叶片干枯，植株衰弱死亡。当时，南建勋刚刚负责养护东莞大道不久，专家建议用塑料薄膜把树包起来，再进行治疗。妥善起见，南建勋先在一棵树上尝试了一下，发现没多久树就死了。于是，他重回现场察看，发现棕榈科树木不同于其他树木：它们可以在大风中屹立，那是特殊的根部抗拉强度；但树本身却非常娇弱，所有的生长锥（即顶芽）都很脆弱，在多数种类中，顶芽是不可再生的，一旦死掉，整棵树就会死亡。

南建勋深知棕榈科树的弱点，他决定采用从上到下喷雾药来治疗。

他也不敢保证这样处理能杀死椰心叶甲的幼虫，但从上到下喷雾药，一来可以尽可能地保护顶芽，二来可以确保药触碰到叶子的每个地方。果不其然，半年后，几百棵树救治成功。

椰心叶甲虽然危害巨大，但还是相对好处理的害虫。像苏铁容易被一种介壳虫寄生，其虫体被一层角质的甲壳包裹着，如用药物直接喷洒不易奏效。它像吸人血的虱子一样，吸取植物的汁液，因而对花木造成极大的危害。被害植株不但会生长不良，还会出现叶片泛黄、提早落叶等现象，严重的还会使植株枯萎死亡。

南建勋说他们养护队的工人经验老到，他们把苏铁的叶子绑起来，拿鞋刷子之类的东西，把虫外面的壳刷掉，然后喷药，效果非常显著。

南建勋在长期一线工作中积累了丰富的经验，常常被邀请帮助处理景观植物上的害虫。比如曾有46棵珍贵的加拿利海枣，得了介壳虫，也是南建勋花了两个多月的时间用心呵护，方才救治成功。

南建勋来自湖北，27岁的时候来到东莞。起初，他并没有想到会留在这座陌生的城市。

"树和人一样，成长需要合适的环境与呵护。在此之前，你要像认识自己一样，认识一棵树。"可能南建勋自己也没有想到，误打误撞进入的行业，会成为他一辈子的最爱。

守护家园

"台风'山竹'来的时候，我也害怕，我们一个小组5个人，正在石鼓连接线巡查。台风太过凶猛，身前身后五六十棵树接连倒下，砸坏小轿车，横亘在道路中央。"那时，陆和雨和他的绿化巡查小组，正在道路上巡查，风雨大作，平时看起来是大型车的吊车，在台风中摇摇晃晃。四周全是倒下的树木，陆和雨和队员们小心地下了吊车，一个人负责注意周边道路安全，其他4人则忙着锯断倒下的树木，枝叶装进车，树干先挪到一边。

2018年9月16日，台风"山竹"来的这一天，陆和雨从早上6点钟就出了家门，在街道上开始不间断地排查，一直到深夜12点，方才回去。绿化工作已经做了16年，陆和雨还从未见过比"山竹"破坏力更大的台风，也从未像这样连续工作18个小时。

陆和雨负责石鼓连接线、东莞水乡大道等区域的绿化养护工作。浇水、打药、除草、修剪，是每天的基本工作，相对复杂一些的是遇到树木积水问题，去挖条暗沟排水，但也会很快解决。

他是湖南人，拖家带口来到东莞，不像南建勋对未来有许多想法，他

TREES STORY

台风肆虐，树木与风雨共舞，坚守生命的蓬勃

CHAPTER 05

只想着留下，而这座城市也给了他最大的安全感。

当台风来的时候，也正是他守护自己家园的时候。

在台风中奋战了一天，第二天当台风渐渐离去，城市又开始了一天的繁忙。道路上交通畅通无阻，除了路边堆放着的树干，好像什么都没有发生。

陆和雨说，他也是在不知不觉中爱上了这份工作。这个粗糙的汉子，几乎难以容忍一棵树在自己面前死掉，他也没有想到，这份工作投入了他全部的情感。

休息的时候，他常一个人去厚街大道，那边有他早期养护的景观树木。在路边慢慢走走看看，就像看着自己的孩子一般。

他心里已经装满了这座城市的树，这儿有他在城市的开始。

眷恋土地

城市里的树，看起来是孤独的，它们不像在银瓶山这样的森林中，有多元的生态系统，有众多的伙伴、合作者，也有丰沃的土壤。城市里的生命是独特的，看起来是个体的树木，却有着迥然不同于人类与动物的生命活动轨迹。

就像我们在城市的景观带中看到被病虫侵袭的树木，看到在自然灾害中倒下的树木，即使身体的大部分被害虫蚕食掉，或者被切割掉，每一次当你认为它们濒临死亡的时候，它们却一次次挺过死亡线，再一次恢复到原来的样子，焕发活力。

绿化工作者，或者树木医生，对此有着深刻的体验。城市里的植物年年月月被园林工人修剪，假以时日，这些树木就能恢复如初，这是它们顽强的再生功能。

从未见过一棵心怀不满的树，因为树从不在乎什么满与不满，每一棵树（也是一个群体）都在用尽全力给生命更多机会。

大树医生用心呵护每棵莞香树

绿色没有垃圾

在东莞，台风肆虐的季节，台风途经的地区，会留下大量园林废弃物。松山湖大道完全清理干净，要花费差不多一个月的时间。这些园林废弃物都到哪里去了呢？

原来，它们被送到一家园林废弃物处理厂了。

循环的绿色

迈入园林废弃物处理厂大门，还未听到机械的轰鸣从何处而来，浓烈的木屑香就扑面而来，还夹杂着丝丝腐烂的臭味。

进入工厂，一台巨大的破碎机正在对堆积如山的树枝树叶进行粉碎处理。在进料口处，有两三名工人在进行初步分拣，将大的树干及塑料、薄膜等垃圾先分拣出来。

经过分拣之后的树枝、树叶等园林废弃物，进入破碎机进行初次打碎，再经过发酵、二次粉碎等相关环节处理之后，变身为有机肥料，可用于园林绿化和农业生产。

这家园林废弃物处理厂是东莞首家对园林废弃物进行深度加工处理的

企业。在此之前，城市一直没有找到处理绿化垃圾的方法，尤其台风过境，大量的树枝树叶等园林绿化垃圾就成为城市一直以来的痼疾。

焚烧、填埋园林废弃物，不仅不符合相关规定，也没有这么大的场地堆放，与城市无法形成接近、有序和健康的关系。之前有些企业将它们运到垃圾焚烧厂，由垃圾焚烧厂进行处理，但费用较高，一车费用就要700~800元。

适宜的技术

目前，东莞全市园林绿化系统每日产生的园林废弃物为350吨，而全市每天产生的园林废弃物总量，估计在400～500吨之间。树枝树叶等细碎垃圾和碎木块的比例大约为8∶2，碎木块销往纸厂做原料，其余绿化垃圾被制作成有机肥销往各地，基本零污染。

还有越来越多的高科技农业企业，吸取国内外前沿环保生物处理技术，用生物快速发酵方法，对城镇固体废弃物、河道淤泥、造纸污泥等进行无害化处理，生产出有机营养拌料、健康土壤等系列产品。

在园林废弃物的处理上，"适宜的技术"是与公共交通、能源、土地保护等相互支持的典范，能形成生态城市的有序健康关系。

可以说，垃圾处理之于城市，是一个可持续的挑战，只有处理好垃圾，才是真正臻于完美的生态城市。

东莞的高科技农业企业，吸取国内外前沿环保生物处理技术，处理城市园林垃圾

TREES STORY

用生物快速发酵方法处理城镇固体废弃物、河道淤泥、造纸污泥等，生产出有机营养拌料、健康土壤等系列产品

CHAPTER 05

园林废弃物总量中，树枝树叶等细碎垃圾和碎木块的比例大约为8：2

TREES STORY

东莞麻涌华阳湖湿地公园，华阳塔于葱郁绿意间傲然挺立

CHAPTER 05

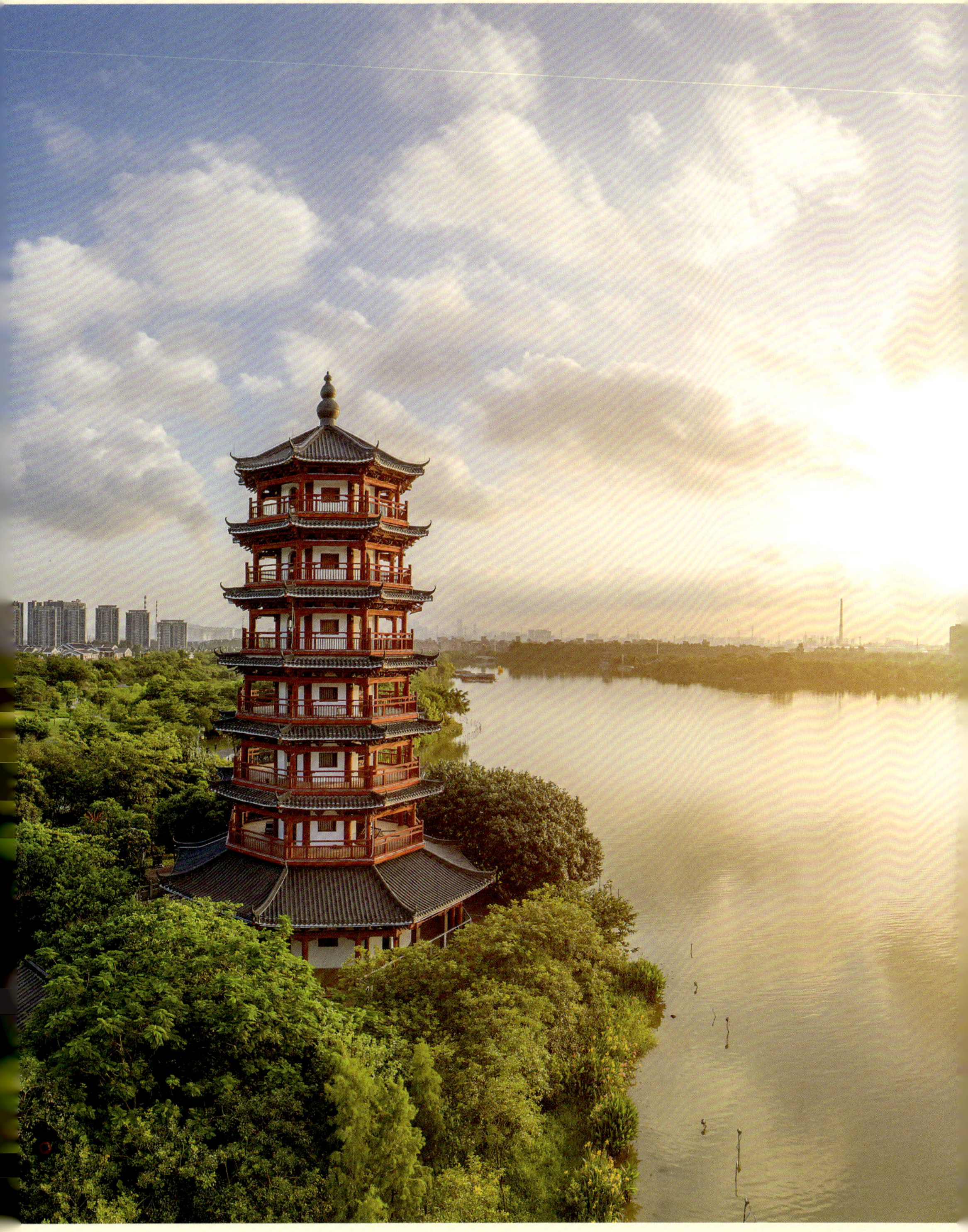

树的乌托邦

4楼屋顶，有一块田地，4岁的彬仔，站在田间，正跟着老师种下水稻。稻田不够大，只有30平方米，但也足以等待丰收的喜悦。丰收的时节，屋顶的田地里，是金色的波浪，小番茄也挂满枝梢，孩子们也可以随手从支架上拽下一根黄瓜。

一片净土

顾城说："童年的心，是一片净土……只要一阵淡淡的春风吹过，就会有无数希望的种子睁开眼睛，张开绿色的指掌。它们并没有想到花朵和果实，只是生命的本能在催促它们生长，向上，向着无限深远的天空……"

把水、阳光、土壤、空气、植物，这五个元素放在面前的时候，城市里的人首先想到的词语可能是奢侈。摆在眼前的还有一组数据：与建筑相关的活动消耗了全球50%的水资源，造成了80%的耕地减少；同时，建筑还产生50%的空气污染、42%的温室气体效应、50%的水污染、48%的固体废物。

真实的城市与理想的生活之间产生了巨大的鸿沟。孩子们何去何从，生命如何滋养？建筑师邝成子，这位严肃且忧伤的老人，决定做一个生态幼儿园建筑。

童年的心，是一片净土

TREES STORY

让城市找到自然，像乡村一样呼吸

CHAPTER 05

在自然中长大

让城市找到自然，像乡村一样呼吸。

作为建筑师，邝成子有足够的技术支撑；作为理想主义者，在考察了十多个国家的幼儿园，做了充分的技术分析后，他找到了一个可以实施的模式。

东莞东城圣融生态幼儿园，被挤在住宅小区的一隅，像从城市中抢夺而来的奶酪。在这促狭的空间里，邝成子借助阳光、雨水、植被、土壤、微生物等自然要素，赋予整个建筑高度和谐的生态特征，使建筑本身具有能量交换、生态循环、微气候调节等功能。

他还在楼顶上设计了一个水田系统和旱地系统，一个微缩的、悬空的自然生态，像是空中花园。这已经足够让一切都活起来，找到生命与大地之间最相宜的样子。

楼顶的小生态世界，让孩子们感受雨水，感受自然，感受劳动。让孩子们去玩泥巴，让脚丫陷在泥土中，让孩子们感受丰收的喜悦。

开启生态城市

在城市人的意识深处，有着对绿色生态的渴望，这是一种渴望同时生活在城市与乡村的美好愿望。

今天的城市，人们对植物的喜爱有多种形式。城市里集合了世界各地的树、灌木和花卉，大街上、公园里、庭院里、阳台上的花盆里，各色各样的植物都有。

圣融生态幼儿园，是一座成熟的单体生态建筑，同时也是一座和社会生态复合的新型整合建筑。这座小小的幼儿园可以成为孩子们内心永久的田园。更重要的，它是生态城市文化的开端。生命可以培养，生态城市同样可以。

在东莞，这些年"百千万工程"全面开启，"绿美"生态是不可绕开的关键词。在示范村东坑丁彭黄片区，城乡融合共美随处可见，乡村的孩子从小就在美好的环境中成长，滋养人与自然和谐共生的种子。

城市不再是灰黑一片，而是一个绿色的森林公园。如果一个人还未失去对生命的感知，看到这样的城市，心中一定会闪现出进入大自然的惬意。

东坑月明湖，春日树下，金黄花海间，市民享受亲子时光

TREES STORY

车水马龙中，树林如同守护城市的卫士

CHAPTER 05

DONGGUAN TREES 151

TREES STORY | 树故事

最近的未来

这是一片密林，看起来很幽暗。藤蔓缠绕着腰身粗细的大乔木千年桐、枫香、香樟、红楠，从高高的枝上垂悬下来，连着地面。乔木冠层之下为高低不等的中小乔木和下层灌木丛，诸如长叶竹柏、桂花、红鳞蒲桃、假鹰爪等。

植物纵横交错的感觉，让人误以为这里是有着百年历史的天然林，其实，这片林子不过是华南植物园曹洪麟教授在这儿做的一个实验。

科研林

林子有十亩地左右，在东莞植物园内，人为干扰较少，周边是相对清静的人工绿化环境。

实验开始的时候，曹洪麟教授一次性配置了32种乡土植物，有些植物一时找不到幼苗，他干脆就去其他地方挖了些，塞了进去。至于为什么是乡土植物，曹洪麟教授说，因为乡土植物经过长期自然选择及物种演替后，对本地区有高度的生态适应性，是可以长期留存的植物。

这一实验，曹洪麟教授称之为节约型近自然城市绿地实验。做这个实验，是因为随着中国城市园林绿化的快速发展，城市绿地构建中的问

树木绚烂，风车守望，秋天的东莞植物园，是大自然精心编织的一则童话

题日益突出，如绿地树种单一、结构简单、植物群落易退化、养护成本过高、病虫害猖獗、生态功能低等，未能很好地起到改善城市生态环境的作用。

因此，如何在有限的土地上发挥绿地最大的生态效益，成为今后城市绿地发展的主要方向。而发展以乡土树种为主，乔、灌、草、花相结合的近自然绿地群落，建设功能良好的拟森林环境，再现自然植被，成为提高城市绿地生态功能、促进城市绿地可持续发展的必要途径。这也是中国未来城市绿地发展的重要途径。

如今，东莞遵循近自然林经营理念，提升了水源涵养林、生态公益林等森林质量，全市森林覆盖率达37.4%，建了21个森林公园、24个湿地公园和6个自然保护区，成为名副其实的森林城市。

拟森林

节约型近自然城市绿地实验还有一个非常重要的优势，就是节约了后期养护成本。样地建好后，前期每星期浇水一次，浇了一个月。定植后，头一年每个季度除草一次，冬季干旱期浇水1~2次。第二年和第三年，绿地逐步进入生长阶段，就不再需要任何养护和管理。一般在

森林就像大自然的一个绿色大宝藏，里面藏着数不清的秘密

TREES STORY

东莞石碣沙腰码头,落羽杉与白鹭合奏出一曲季节交换的悠扬乐章

CHAPTER 05

DONGGUAN TREES 157

TREES STORY | 树故事

TREES STORY

森林里的湖泊好像一颗璀璨的蓝宝石，镶嵌在绿色的织锦之中，闪烁着神秘而诱人的光芒

CHAPTER 05

苗木种植后5年左右就可初具规模，并达到相应的景观效果，而10~20年即可形成近自然、拟森林的群落景观。

拟森林环境，其实在岭南一带，也可以说是拟风水林。

村边次生林（俗称风水林）是中国南方地区村前屋后保留的天然林，常由原生植被受有限度破坏而成或由次生裸地、人工林等演替恢复而成，一般呈岛屿状分布，面积很小，像大岭山镇的大沙村风水林面积只有3.5公顷，但作为物种库，对区域植被恢复、生态环境整治和生物多样性保护等具有重要作用。

群落分布面积虽小，但植物组成对区域物种库的贡献却很大。木本植物的科、属、种对区域物种库的贡献率分别为37.7%、25.6%和22.5%。藤本植物的贡献率最高，接近50%。

风水林是破碎化的，却是中国人在与自然和谐相处过程中的特有产物，在中国有着上千年的传承。曹洪麟教授的节约型近自然城市绿地，也与风水林的理念、结构和功能有着完美的契合度。

植物园的科研绿地，曹洪麟教授也有多年未去观察了。它也足够神秘，藏在植物园的深处，如果不是专程前往，谁又能注意它的价值所在呢？

无人注意的城市绿地，就像润物细无声的春雨，滋润着城市，也正是它存在的成功。

近自然

现在，城市生活方式与自然之间的紧密关联，变得如此引人注目，以至于重塑了我们对城市的认知。

建立一个以树为中心的世界，这并非是植物学家的臆想，树一直站在世界经济和政治的中心，就像它占据着地球生态的中心一样。

节约型近自然城市绿地，本质上并不是什么超前的城市绿化观念，它只是回归到人、自然、城市之间深层交融的本质。这种以树、以生态为核心的价值观，给人类及城市带来了未来可持续发展的可能性，也愈发彰显可贵的意义。

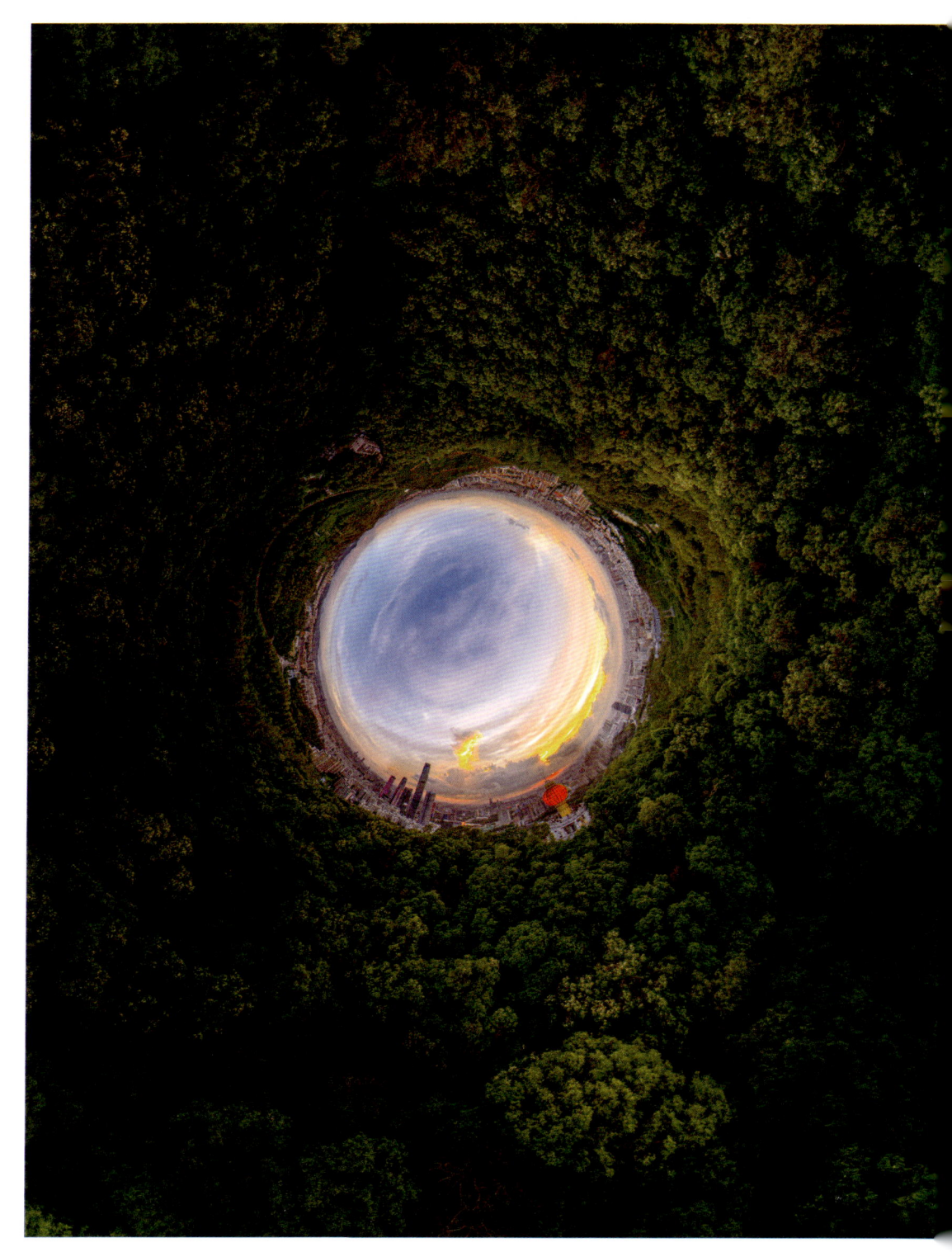

于繁茂林海间，窥见一方微观天地——绿美东莞

TREES STORY

东莞大道，车辆穿梭于树影斑驳间，奏响城市与自然和鸣的乐章

CHAPTER 05

东坑农业园绿道，市民在浓密树冠交织出的"绿色长廊"跑步

TREES STORY

东莞建成区绿化覆盖率达49.06%,绿意已融入城市的每一寸"肌理"

CHAPTER 05

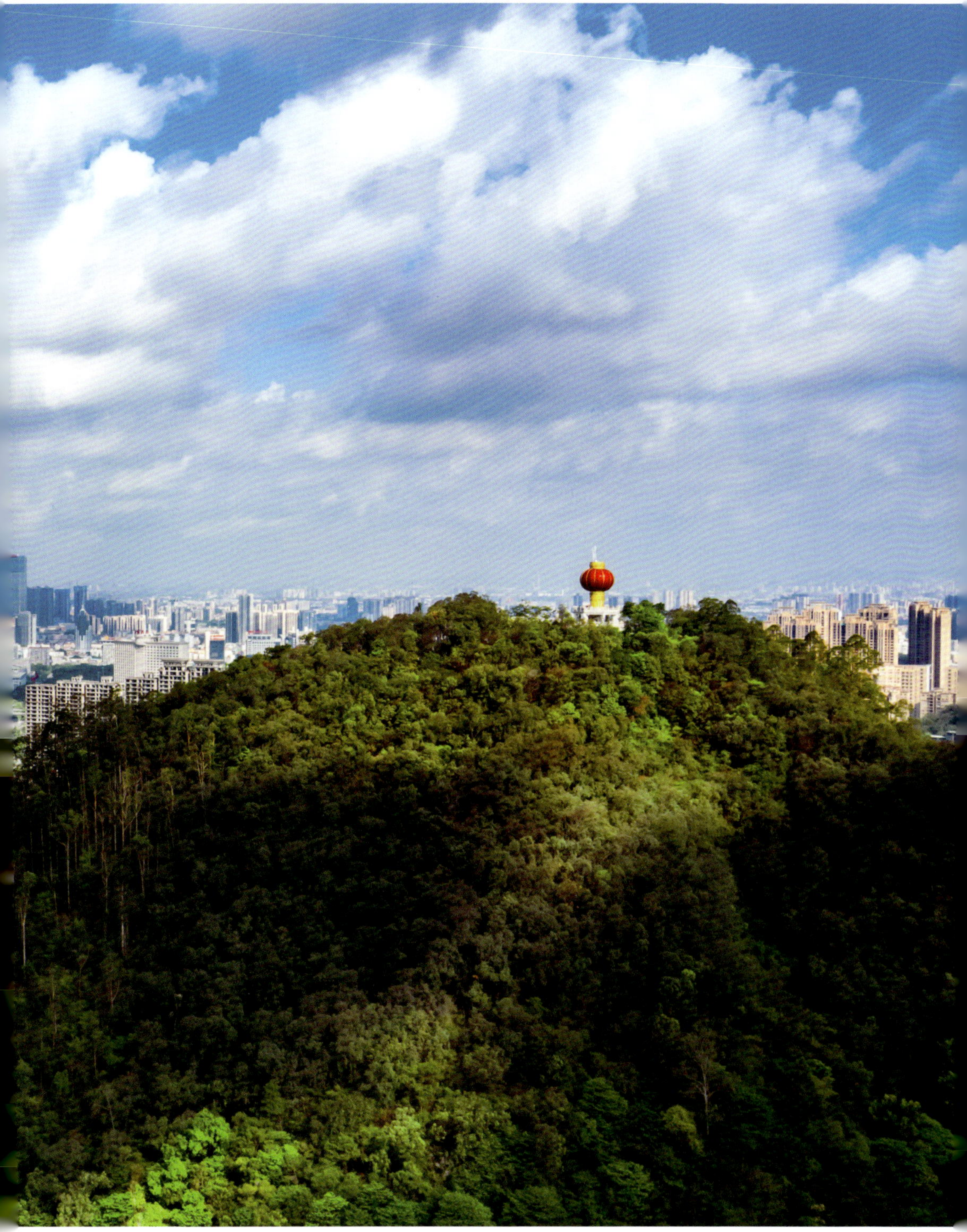

TREES STORY

TREES STORY

TREES
STORY

图书在版编目（CIP）数据

树故事 / 东莞市城市形象推广办公室编． -- 南京：江苏凤凰文艺出版社，2025.5
ISBN 978-7-5594-7480-3

Ⅰ．①树… Ⅱ．①东… Ⅲ．①散文集－中国－当代 Ⅳ．①I267

中国国家版本馆CIP数据核字(2023)第013730号

树故事

东莞市城市形象推广办公室 编

主　　编	武一婷
副 主 编	曾　莉　何碧怡
策　　划	夏婷婷　吴　月
撰　　稿	渠　魁　袁艺文
责任编辑	张　婷
特约编辑	邓文浩　胡艳芳
特约顾问	朱剑云　刘颂颂　莫罗坚
装帧设计	庞　克　田志福
图片提供	中共东莞市委宣传部　东莞市林业局
	邓山海　关瑞祥　杜彬炜　何宇轩　叶瑞和　李梦颖　李蔚麟
	刘智璇　陈　栋　陈锦富　陈铭奕　陈慧娴　张新城　郑志波
	欧迪鹏　周伟乐　周伟能　胡丽莎　梁浚锋　梁耀辉　钱钧墀
	徐锐铭　徐永波　容创炼　黄通彬　黄柏容　程永强　谢焕标
	谢树森　蓝业佐　戴国辉（按姓氏笔画排序）
责任印制	杨　丹
出版发行	江苏凤凰文艺出版社
	南京市中央路165号　邮编.210009
网　　址	www.jswenyi.com
印　　刷	深圳市祥龙印刷有限公司
开　　本	718毫米×1000毫米 1/16
印　　张	11.75
字　　数	80千字
版　　次	2025年5月第1版
印　　次	2025年5月第1次印刷
书　　号	ISBN 978-7-5594-7480-3
定　　价	58.00元

江苏凤凰文艺出版图书凡印刷、装订错误，可向出版社调换，联系电话：025-83280257